Het geheim van het boze oog

Helen Powel

Het geheim
van het boze oog

Met tekeningen van
Saskia Halfmouw

LEOPOLD / AMSTERDAM

NEDERLANDSE
KINDERJURY
2006

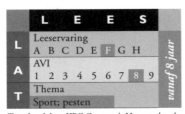

L	**L**	**E**	**E**	**S**	
L	Leeservaring A B C D E F G H				
A	AVI 1 2 3 4 5 6 7 8 9				vanaf 8 jaar
T	Thema Sport; pesten				

Toegekend door KPC Groep te 's-Hertogenbosch.

Eerste druk 2005

© 2005 tekst: Helen Powel

© Omslag en illustraties: Saskia Halfmouw

Omslagontwerp: Rob Galema

Uitgeverij Leopold, Amsterdam

ISBN 90 258 4888 5 / NUR 282

Inhoud

Een nieuw begin

Eindelijk. De eerste schooldag na de herfstvakantie. Aziz had zin om naar school te gaan. Vandaag zou hij iedereen de nieuwe Aziz laten zien. Een Aziz in mooie kleren.

Zijn moeder had natuurlijk weer kleren uit de vorige eeuw voor hem klaargelegd: een oranjebruine geblokte trui en een bruine ribbroek met vale plekken op de knieën.

Gadver, die trek ik echt niet aan, dacht hij. Die trui droeg Hicham toen hij negen was! En hij is nu al zestien.

In zijn ondergoed glipte Aziz naar de kamer van Hicham.

'Au!' Hij struikelde over twee Breezers. Vlug opende hij de legkast met stapels netjes opgevouwen T-shirts. Hij griste er een uit. Er stond heel groot *Tommy Hilfiger* op, zag hij tevreden.

Voordat hij de kamer uit liep, pakte Aziz nog wat gel uit een potje. Voor de spiegel deed hij zijn haar omhoog.

Net als Eddie, dacht hij.

Eddie was zijn beste vriend met blond piekhaar dat altijd recht overeind stond. Eddie had ook een gouden oorringetje, maar Aziz wist dat hij dat nooit van zijn moeder zou mogen.

Ineens voelde Aziz zich bekeken. Hij keek rond. Zijn

broer kon nog niet terug zijn van de krantenwijk. Was er iemand anders?

Hij keek omhoog. Niets. Toen trok iets onzichtbaars hem naar de deur.

Hij deed voorzichtig de deur open. In de gang keek een groot, blauw oog hem doordringend aan.

Iegh.

Het Oog zat in een zilveren handje dat opgehangen was aan de muur. Hij keek boos, meende Aziz. Alsof hij het ongevraagd lenen van het T-shirt afkeurde.

'Aziz!' Het was de stem van Yasmina, zijn moeder.
'Ik kom eraan!'
Aziz deed zijn rugzak om en liep naar de keuken.
'Die trui staat je prachtig,' zei Yasmina.

Volgens mij zitten er beestjes in. Hij kriebelt een beetje, dacht hij.

'Onzin,' zei Yasmina. Het leek alsof ze kon raden wat Aziz dacht. 'Wat heb je met je haar gedaan?'

Aziz dook weg voor haar hand.

'Niets.'

'Indruk maken op meisjes,' zei Ismail, zijn vader, met een knipoog.

'Mam, ik moet geld mee. We gaan vandaag schaatsen.'

Zijn moeder schudde haar hoofd: 'Ik heb het de juf uit-gelegd. Het was geen probleem.'

Aziz zuchtte. Zo ging het nu altijd. Hij kreeg nooit geld mee en mocht niet mee op schoolreisjes. *Zuinigheid met vlijt,* was dat niet een Oudhollands spreekwoord? Nou, Hollandser dan dat kon zijn Marokkaanse moeder niet worden.

'Wat is dat enge ding in de gang?' vroeg hij.

'Dat is niet eng, dat is de hand van Fatima. Het Boze Oog brengt zegen en voorspoed over ons huis. Het jaagt al het slechte weg,' zei zijn moeder. 'Goed hè.'

'Eh ja.' Gelukkig kan een oog niet praten, dacht hij.

Hij rende de voordeur uit en de trappen af. Beneden verschool hij zich onder het trappenhuis.

Snel deed hij zijn rugzak af en haalde er het T-shirt van Hicham uit. Het was verfrommeld, maar dat kon hem niets schelen. Hij propte de foeilelijke kriebeltrui in zijn tas en schoot in het T-shirt. Met zijn handen streek hij de kreukels een beetje glad. Het T-shirt was wat te groot.

Aziz haalde zijn schouders op en ritste zijn jas dicht.

Te groot was vanaf nu de laatste mode.

Soepjurk

De bus die zijn klas naar de ijsbaan zou brengen stond al voor de school te ronken. Ouders stonden te wachten en zijn klasgenoten renden om hen heen.

Een grote Surinaamse vrouw liep schommelend naar juf.

'Wilt u opletten dat Marlon geen snoep en geen cola mag? Hij heeft net een nieuwe beugel, weet u. Anders komen die tanden er straks met beugel en al uit.'

Juf knikte.

Achter de rug van zijn moeder graaide Marlon een marsreep weg van een kind uit groep 4, zag Aziz.

'Grrr,' zei Marlon en hij liet zijn ijzeren tanden zien. Het jongetje rende naar zijn vader.

De meeste kinderen waren een beetje bang voor Marlon. Hij was erg lang en superhiphop gekleed. Zijn haar zat steeds alsof hij net van de kapper kwam.

Aziz draaide zich om naar Eddie, die zoals altijd een grote zak snoep bij zich had. Hij ritste zijn jas open.

'Hoe vind je mijn shirt?' vroeg hij trots.

Eddie keek bedenkelijk.

'Een Tommy, cool, maar hij zit wat ruim.'

'Hij is van mijn broer,' fluisterde Aziz.

'Oh. Ja,' zei Eddie. Hij trok zijn wenkbrauwen op.

Aziz kuste zijn vuist en Eddie deed hetzelfde. De vuisten tikten tegen elkaar. Daarna sloegen ze met een platte

hand op hun borst. Aziz en Eddie waren al heel lang vrienden en dit was hun speciale groet.

'Allemaal instappen,' riep juf.

'Kom naast mij zitten,' zei Marlon tegen Eddie. Hij kon zijn ogen niet van de zak snoep afhouden. 'Hier is het gezellig.'

Eddie schoof aan bij Aziz die een plekje bij het raam had veroverd.

'Je gaat toch niet bij die soepjurk zitten,' hield Marlon vol. Hij gromde zijn ijzeren tanden bloot.

Eddie keek heel ongemakkelijk.

'Geef me een dropveter en we hebben het nergens meer over,' zei Marlon.

Gedwee gaf Eddie hem wat snoep.

Roze

De ijsbaan had een krabbelbaantje met bankjes erom-
heen. Uitgelaten trokken de kinderen daar hun schaatsen aan. Aziz zat op een bankje en keek toe.

Er waren veel verschillende soorten schaatsen, viel
hem op. De meisjes hadden korte hoge. Aan de voorkant
zaten karteltjes in het metaal.

Waar zou dat voor zijn, vroeg hij zich af. De schoen
leek net een laarsje. Sommige laarsjes waren wit, soms
met gekleurde veters.

Marlon en Eddie hadden ook korte, hoge schaatsen
maar zonder karteltjes. Hun schoenen waren van hard
plastic met stoere klik-gespen. Er waren ook andere
schaatsen: lage met lange ijzers en een gewone leren
schoen erop.

'Ik zie dat we van alles door elkaar hebben: kunstschaatsen, ijshockeyschaatsen en zelfs lage noren.'

Aziz keek op. Een lange, gespierde man lachte hen
vriendelijk toe.

'Ik ben Jan en ik kom uit Groningen.'

De kinderen giechelden. Jan praatte een beetje anders
dan ze gewend waren.

'Krek zo. Ik ben jullie coach. Je mag Jan zeggen of
coach. Over twee maanden is de Grote Sportdag. Jullie
moeten dan een wedstrijd rijden tegen de Ten Kate

school. Om te zorgen dat jullie een kans maken kom ik de beste zes uit jullie klas trainen.'

Aziz keek rond.

'Uit die zes kies ik de beste drie,' ging Jan verder. 'Die gaan de wedstrijd rijden. Wie weet winnen we. Vandaag maken we de spieren los. Ga maar vrij schaatsen.'

De kinderen waaierden uit over de ijsbaan. Eén meisje reed heel hard in een rondje achterste voren. Het was Carmelita, het mooiste meisje van de klas, vond Aziz. Hij kon zijn ogen niet van haar af houden.

Ze lachte, niet speciaal naar hem, maar in zichzelf. Zoveel plezier had ze. Tot slot maakte ze een sprongetje en eindigde in een supersnelle draai.

Dat ze niet misselijk wordt, dacht Aziz.

'Kom je nog?' vroeg Eddie.

Aziz schudde zijn hoofd.

Voordat Eddie verder kon vragen, kwam Marlon langs.

'Vijf spekkies en een Snicker, dat ik twee keer zo hard ga als jij,' zei hij tegen Eddie.

'Echt niet.' Eddie sprintte weg met Marlon op zijn hielen.

Aziz stak zijn handen diep in zijn zakken. Marlon was goed op school en goed in sport.

Er is eigenlijk niks waar hij niet goed in is of wat hij niet heeft, dacht Aziz vermoeid. Hij rilde in zijn dunne T-shirt.

'Heb je niks warmers bij je?' vroeg juf.

Een stukje trui piepte uit zijn rugzak.

'Wat is dit?' Juf maakte zijn rugzak open. 'Je hebt een trui bij je. Trek die maar aan en dan twintig rondjes rennen om de ijsbaan.'

'Wat?'

'Vooruit, het is tenslotte een gymles. Ook als je geen schaatsen hebt. Je kunt hier niet zo blijven staan.'

Met tegenzin trok hij de trui over zijn shirt. Nu leek het net alsof hij een rokje aan had. Hij propte het T-shirt onder zijn jas en begon langzaam te joggen om de ijsbaan.

'Aziz, Aziz!' Het was juf.

Hij liep terug.

'Een geluk bij een ongeluk, zal ik maar zeggen,' zei juf.

Het bleek dat Margreet haar enkel had verstuikt.

O nee, Schele Greet, dacht Aziz.

Margreet was niet echt scheel, maar de glazen van haar bril bliezen haar blauwe ogen op tot enorme vissenogen. Ze leken te dansen achter glas. Haar roze kunstschaatsen lagen aan de kant.

'Aziz mag vast wel even jouw schaatsen lenen,' zei juf.

Aziz staarde met afschuw naar de meisjesschaatsen. Tegelijk met Margreet riep hij: 'Nee!'

'Nee?' zei juf. 'Jullie bedoelen natuurlijk ja. Mooi zo. Aziz, trek ze maar snel aan, dan kun je mee met de rest.'

Rondjes rennen is erg, dacht Aziz, maar gezien worden met *roze* schaatsen…

Juf was onverbiddelijk.

Coach Jan hielp Aziz in de schaatsen van Margreet.

'Nog nooit geschaatst?' vroeg hij. 'Het is heel makke-

14

lijk, maar we beginnen op het krabbelbaantje. Ga maar eens staan.'

Staan. Dat was makkelijker gezegd dan gedaan. Aziz gleed alle kanten uit.

Zit er geen rem op? dacht hij.

Coach Jan glimlachte.

'Een beetje door je knieën zakken. Je enkels recht houden.' Aziz maaide met zijn armen naar voren en naar achteren en stond toen stil.

Coach Jan trok hem voort terwijl hij achterstevoren schaatste.

Aziz gleed in een rustig tempo vooruit. Ineens liet Jan hem los en Aziz gleed nog even door. Samen oefenden ze een tijdje. Glijden over ijs voelde een beetje als vliegen zonder vleugels, vond Aziz.

'Nu mag je alleen verder oefenen.' Weg was Jan.

Vanuit zijn ooghoek zag Aziz Marlon staan kijken. Hij deed alsof hij niks merkte, maar hij zag dat Marlon iets in Eddies oor fluisterde. Samen kwamen ze op hem af.

Marlon remde vlak voor Aziz, zodat het ijs in zijn gezicht stoof. Eddie deed hetzelfde. Aziz zat onder het ijs.

'Sta je hier nou nog?' zei Marlon. Hij gaf een harde duw, zodat Aziz naar achteren gleed en viel.

'Hij is gaan liggen. Azissus geen zinnus of ben je moe?' Marlon grijnsde. Eddie keek weg.

Marlon en Eddie staken hun handen uit en trokken Aziz overeind. Hij probeerde zich voorzichtig los te wurmen.

Toen staken de jongens hem ieder een schaatsbeschermer toe.

'Goed vasthouden,' zei Marlon. Ze maakten vaart en trokken zo Aziz voort.

Wauw, dacht Aziz, het is spannend en eng tegelijk. Het ijs flitste onder hem weg, naarmate de jongens harder schaatsten. Ze waren al van het krabbelbaantje op de grote ijsbaan gekomen. Iedereen keek naar hem. Hij kon het! Hij kon schaatsen. Het was alsof hij over het ijs vloog.

Zelfs Carmelita kijkt naar me, dacht hij glimlachend.

De jongens gingen steeds harder. Het voelde heerlijk.

'Los,' zei Marlon plotseling en hij liet de schaatsbeschermer los.

'Remmen!' riep Eddie tegen Aziz voordat hij ook losliet.

Remmen? Hoezo? dacht Aziz. Als een kanonskogel met de schaatsbeschermers nog in zijn handen schoot hij door.

Geweldig, dacht hij, iedereen kijkt en roept naar me. Maar waarom zwaaien ze zo? Pas toen zag hij dat hij met grote snelheid op de bocht af gleed.

Bof!

Aziz wist even niet waar hij was. Het zag zwart voor zijn ogen.

'Aziz?' Het was de bezorgde stem van Carmelita.

Aziz schaamde zich dood. Hij lag tegen de kussens van de omheining. Hij hield zijn ogen stijf dicht.

Grote, sterke handen tilden hem als een veertje op.

'Aziz, word wakker.'

Aziz deed zijn ogen open en keek in het gezicht van coach Jan.

'Jong, wat heb je ons laten schrikken. Waar heb je pijn?'

Zonder een antwoord af te wachten voelde Jan zijn armen en benen om te zien of er iets was gebroken. Op een gat in zijn knie na was Aziz er gelukkig goed vanaf gekomen.

Coach Jan bracht Aziz terug naar het krabbelbaantje.

'Je durft en je wilt graag, maar je moet eerst goed oefenen voordat je op de ijsbaan mag. Snap je dat?'

Aziz knikte. Hij was allang blij dat Jan niet boos was. De coach klopte hem bemoedigend op de schouder en schaatste weg.

Aziz keek hem bewonderend na. Eens zou hij ook zo soepel over het ijs rijden, dacht hij.

Met een gezicht gloeiend van opwinding schoof Aziz naast Margreet op het bankje. Zij zat gewikkeld in een deken met een bekertje warme chocolademelk.

'Zijn mijn schaatsen nog heel?'

Aziz bekeek de roze schaatsen van alle kanten. Hij veegde het ijs eraf.

'Niks mis mee. Bedankt, het was te gek,' zei hij.

'Te gek? Je stond anders flink voor paal.' Margreets vissenogen dansten op en neer.

'Ik heb geschaatst, echt geschaatst,' zei Aziz.

'En dat gat in je knie dan? Dat doet toch pijn?'

Aziz haalde glimlachend zijn schouders op.

Opgetogen liep Aziz naar Marlon en Eddie die hun schaatsen uit deden.

'Dat was wreed, hè,' zei hij blij.

'Wat zie je er weer gaar uit met dat rokje, Azissukkel,' zei Marlon.

Aziz keek. Onder zijn jas was het te grote T-shirt tevoorschijn gekomen.

'Waarom trek je dan ook geen normale kleren aan?' siste Eddie.

Aziz schrok van zijn woorden.

Marlon trok Eddie weg.

Eddie keek hem niet meer aan. Wat was er met zijn vriend aan de hand?

Kamelensigaretten

Op weg naar huis kwam Aziz langs een sportwinkel. De winkelier was net bezig zijn etalage in te richten met winterartikelen.

Aziz staarde naar de prijzen: 100 euro, 150, 250 euro... Zelfs schaatsen voor 500 euro werden in de etalage gelegd. Resoluut stapte hij de winkel binnen.

'Hoe duur zijn de goedkoopste schaatsen die u heeft?'

De winkelier glimlachte: 'Voor 100 euro heb je al redelijke schaatsen.'

Alsof het niks is, dacht Aziz. Verdoofd draaide hij zich om en liep de winkel uit. Hij moest schaatsen hebben! Maar hoe?

Eigenlijk heb ik recht op schaatsen, dacht Aziz.

Ik krijg alleen maar zakgeld als ik erom zeur. Ik krijg ook nooit verjaardagscadeautjes. Als je dat bij elkaar optelt, kom je wel op een paar mooie schaatsen.

Maar in plaats van verjaardagscadeautjes kreeg hij elk jaar geld van zijn familie op het Suikerfeest, aan het einde van de Ramadan. Dat geld was allang op.

Eén keer per jaar mogen Moslims een maand lang niet eten, behalve wanneer de zon onder is. Die maand heet Ramadan.

Het duurt nog maanden voordat het Ramadan is, dacht Aziz en dan is de wedstrijd al voorbij.

Aziz liep zijn straat in. Hij zag zijn vader gebogen onder de motorkap van hun olijfgroene auto staan. Al meer dan een jaar probeerde hij hun oude Mercedes aan de praat te krijgen.

Na het gesleutel van zijn vader was de auto rijp voor de sloop. Zelfs Aziz had dat door. Maar zijn moeder bleef hopen dat ze op een dag met de Mercedes naar Marokko zouden rijden.

Schroefjes en allerlei onderdelen lagen op een oude lap op straat. Zijn vader zong zachtjes een Arabisch liedje.

'Baba, baba, kijk eens, wat ben ik aan het doen?' vroeg Aziz. Hij zwaaide van links naar rechts met zijn armen terwijl hij zijn benen in de tegenovergestelde richting bewoog. Hij maakte een rondje om de auto.

Zijn vader keek niet op of om.

'Baba!' riep Aziz ongeduldig.

Plof!

Een zwart stofwolkje dwarrelde uit de motor. Ismail kwam onder de motorkap vandaan, met zijn gezicht en brilletje zwart van het roet. Hij vloekte zachtjes in het Arabisch.

Sommige woorden herkende Aziz en hij begon zachtjes te giechelen.

Ismail zuchtte en veegde zijn gezicht af.

'Een auto zit heel ingewikkeld in elkaar. Het is goed dat ik zo handig ben.'

'Baba, ik heb schaatsen nodig voor school. Iedereen heeft ze behalve ik.'

'Schaatsen?'

'Ja, kijk, zo.' Aziz begon weer 'droog' te schaatsen. 'Voor 100 euro heb je al redelijke schaatsen.' Nu begon zijn vader hartelijk te lachen.

'*Floes*, geld? Jouw moeder is de baas. Ik krijg zakgeld.' Hij aaide zijn zoon over zijn bol en ging door met zingen.

Opeens viste hij een leeg pakje kamelensigaretten uit zijn borstzakje en zei: 'Ik heb schroefjes nodig. Snel, het is bijna zes uur. Over tien minuten sluit de winkel.'

Nou en, dacht Aziz, die kan je zelf toch ook halen.

'Toe,' zei Ismail, 'wees lief voor je oude baba.' Verveeld stak Aziz zijn hand uit voor geld.

Zijn vader haalde lachend zijn schouders op: 'De baas is boven. Trouwens Aziz, draag jij tegenwoordig rokjes?'

Aziz schrok, hij moest zich eerst omkleden voor hij naar boven ging.

'Altijd maar weer geld voor schroefjes. Het zou fijn zijn als we ook eens met die auto konden rijden,' mopperde Yasmina. Ze snoof als een paard.

Nadat ze in haar portemonnee had gekeken liep ze naar de slaapkamer. Aziz volgde, maar ze deed de deur dicht en kwam kort daarna tevoorschijn met een briefje van tien.

Even later was Aziz weer beneden.

'Hier.' Ismail duwde een leeg pakje in Aziz zijn handen. 'Kamelensigaretten nu, die schroefjes komen later wel.' Hij gaf Aziz een knipoog. Officieel was Ismail gestopt met roken.

'Maar,' begon Aziz.

'Ssst, je zegt dat het een heel speciale schroef was.'

Aziz baalde wanneer zijn vader wilde dat hij voor hem loog.

'Schiet op, nog vijf minuten, vlug.'

Paard

Aziz doorzocht zijn kamer en vond 75 eurocent.

'Iets te weinig voor schaatsen,' zei hij hardop.

Hij bekeek zijn oude stapel Donald Ducks en vroeg zich af of iemand daar iets voor zou willen geven. Misschien zijn broer.

Hij liep naar de woonkamer.

'Hicham, wil jij mijn Donald Ducks kopen?'

Hicham lag te zappen op de bank.

'Wat denk je zelf, smurf?'

Aziz plofte naast hem neer. Er was een stukje over schaatsen op televisie. Hij dook op de afstandsbediening.

'Geef terug,' zei Hicham terwijl hij probeerde zijn broertje van de bank af te schoppen.

'Dit is heel belangrijk,' zei Aziz terwijl hij de lange armen van Hicham handig ontweek.

Op televisie kwam een boom van een schaatser met lange haren in beeld, die in een opengeritst pak een ronde uitreed.

Het was Gerard van Velde, de tarzan uit Gelderland die tot ieders verrassing olympisch goud had behaald. De eeuwige verliezer had ineens de 1000 meter gewonnen.

Aziz keek naar de reus op het ijs. Hij was groter en sterker dan coach Jan.

'Ik kan dat ook,' zei Aziz. 'Ik heb alleen maar schaatsen nodig.'

Nu begon Hicham te hinniken van de lach.

Aziz keek verbaasd op en Hicham graaide de afstands-bediening uit zijn handen. 'Waarom lach je?'

'Marokkanen schaatsen niet. Ze voetballen... om écht geld te verdienen.'

'O ja, en daarom loop jij elke ochtend een krantenwijk om...'

'Tafeldekken, Aziz, nu, laat je broer met rust. Het eten is bijna klaar.'

Hicham bleef grinniken, maar Aziz trok zich er niets van aan.

Yasmina schepte het eten op een grote schaal. Ze rook eraan.

'Hmmmm, *b'nin.* Vind jij het ook zo lekker ruiken?'

Aziz haalde diep adem.

'Mam, het zit zo. Ik word schaatser en ik ga de school-wedstrijd winnen. Ik heb alleen nog schaatsen nodig, snapt u?'

'Ik begrijp het.' Yasmina pakte de schaal op en bracht die naar de eettafel.

Aziz volgde.

'Voor 100 euro kan ik al redelijke schaatsen kopen.'

Yasmina keek de kamer rond.

Aziz was opgelucht. Ze was niet gaan lachen en ze had ook nog geen nee gezegd.

'Weet je waar je vader is?' vroeg Yasmina.

Aziz schudde zijn hoofd.

Plotseling begon Yasmina diep te snuiven. Even dacht Aziz zelfs dat hij kleine wolkjes uit zijn moeders neus zag komen. Ze stoof briesend de gang in.

Aziz kwam achter haar aan.

'Dus kan ik morgen schaatsen kopen?'

Yasmina antwoordde niet. Ze bleef maar snuiven terwijl ze stampvoetend het huis doorzocht, gevolgd door Aziz. Uiteindelijk stopte ze voor de badkamer en bonsde hard op de deur.

'Ismail, doe onmiddellijk open.'

Vanuit de badkamerdeur klonk zenuwachtig gegiechel.

Yasmina morrelde ongeduldig aan de deurknop.

'Ismail nu!'

Met een flinke ruk aan de deur stond Yasmina in de badkamer. De sigarettenrook sloeg Aziz op de keel. Hij begon te hoesten.

Zijn moeder begon Ismail te fouilleren. Die deed net of Yasmina hem kietelde. Hij giechelde: '*Hobti*, liefje, wat doe je nu?'

Yasmina hield een pakje sigaretten in de lucht.

'Allemaal weggegooid geld.'

Aziz liet zuchtend zijn schouders hangen.

Dit was niet het moment om het over schaatsen van 100 euro te hebben, wist hij.

Yasmina draaide de kraan open en hield het pakje eronder. Met haar sierlijk geborduurde Marokkaanse muiltje opende ze het pedaalemmertje en liet het natte pakje sigaretten erin vallen.

'Zo. Het eten is klaar.'

Sjeik Aziz

'Wat ga je doen?' vroeg Hicham aan Aziz. '338, 339, 340.' Hij telde de keren dat hij de voetbal hoog hield met al zijn ledematen behalve zijn handen, als de bal maar niet de grond zou raken.

Aziz had een emmer met sop bij zich.

'Auto's wassen,' zei hij.

'In de regen zeker. Veel succes,' grinnikte Hicham. Aziz keek naar buiten. Het regende inderdaad best hard. Zuchtend zette hij de emmer neer. Hoe moest hij nu geld verdienen?

'Mag ik een keer jouw krantenwijk lopen voor geld?' vroeg Aziz.

'Nee.'

'Waarom niet?'

'Jij hebt slappe kippenpoten. Je moet voetbalbenen hebben om te kunnen fietsen. Kranten zijn zwaar, dat lukt je nooit.'

Aziz voelde en kneep in zijn bovenbenen.

'Volgens mij zijn mijn benen best sterk. Mag het echt niet? Ik heb echt hard geld nodig voor schaatsen.'

'Schaatsen? Dan al helemaal niet. 352, 353, 354.'

Aziz begon Hicham te kietelen.

'Stop,' hijgde Hicham tussen twee gieren door. De bal schoot rond en miste op een haar na de theeglaasjes in de wandkast.

Hicham sprong op Aziz af.

'De kieteldood!'

Aziz gierde het uit en rende door de kamer met Hicham achter zich aan. Hicham vloerde hem op de bank.

'Stop! Nee...' Aziz stikte haast van het lachen.

'Smeek!' zei Hicham.

'Nooit,' zei Aziz naar adem happend, maar dat duurde niet lang. 'Asje... asje... alsjeblieft.'

Hicham stopte even en Aziz zag de kans schoon om zich los te wurmen. Hij vluchtte de slaapkamer van zijn ouders in.

De slaapkamer van zijn ouders was verboden terrein en daarom des te spannender. De meeste meubels waren tweedehands. Kleurige gordijnen en mooie Marokkaanse kussens op het bed sierden de kamer op. Zijn vader had die ooit gemaakt.

In een hoekje aan de muur hingen oude zwartwit foto's uit de tijd dat Ismail en Yasmina nog jong waren. Zijn moeder leek wel een fotomodel met haar lange zwarte krullen en grote donkere ogen.

Op de kaptafel van zijn moeder stonden potjes en flesjes. Een aardewerken schaaltje gaf rood af als je er met een natte vinger langs ging. Het was lippenrood. In een ander potje zat kohl, zwart voor je ogen.

Aziz deed een beetje aan de binnenkant van zijn oogleden. Nieuwsgierig opende hij de legkast. Er lagen prachtige sjaals in allerlei kleuren, sommige met gouddraad versierd. Hij sloeg er één om en keek in de spiegel.

Net een Arabische prins, dacht hij, Sjeik Aziz. Best knap, vond hij zelf.

Helemaal achterin in de kast lag een houten doosje, met ivoor ingelegd. Aziz probeerde het te openen, maar het klemde een beetje. Door een kier zag hij... geld, heel veel geld.

'Wat doe jij daar?' vroeg een donkere stem.

Aziz maakte een sprongetje van schrik. Hij legde het doosje gauw terug.

'Niets,' piepte hij.

Het was Hicham die een cassettebandje van zijn moeder opzette. Arabische popmuziek vulde de kamer.

Hicham begon te buikdansen. Aziz pakte de sjaal en deed mee alsof hij een gesluierde Arabische prinses was.

Opeens stond Yasmina in de deuropening.

Giechelend deed Aziz een haastige poging om de sjaals netjes op te vouwen. Maar toen hij de blik van zijn moeder zag, liet hij die maar liggen. Ze holden proestend de kamer uit.

Nummer 113

De regen zwiepte tegen de ramen. De klok in de kamer gaf vier uur aan. Het was midden in de nacht. Aziz was in diepe slaap. Langzaam ging de deur naar zijn kamer open. In de verte klonk gerommel van aankomend onweer. Iemand sloop naar het bed van Aziz en keek hoe hij langzaam in- en uitademde.

BAF! Een donderslag en Aziz zat rechtop in bed.

Een bliksemflits verlichtte de kamer en Aziz zat oog in oog met een spierwit gezicht.

'Aaarrrgggh!'

Hij kreeg een koude hand over zijn mond. Aziz hapte naar adem.

'Sssssst, stel je niet zo aan.'

Het lampje naast zijn bed werd aangeknipt. Het was Hicham.

Aziz viel bijna flauw van opluchting.

'Wat is er?'

'Tijd om op te staan,' zei Hicham. Hij wierp een pakje boterhammen op het bed.

'Wat bedoel je?' vroeg Aziz.

'Je wou toch mijn krantenwijk lopen. Dit is je kans. Ik ga vandaag niet.' Hicham drukte hem een adressenlijst en een plattegrondje van de buurt in zijn handen. 'Succes.' Glimlachend liep hij daarna de kamer uit.

Aziz sprong uit bed en liep naar het raam. Hij schoof

de gordijnen opzij. Buiten hing een mist van water.

Nu heb ik zeker geen slappe kippenpoten, dacht hij.

Aziz trok het touwtje van zijn capuchon nog strakker rond zijn gezicht. De fiets was zwaar van de kranten. Het zadel van Hicham stond te hoog om bij de trappers te kunnen.

Aziz ploegde met de fiets aan de hand door de donkere straten. Iedereen ligt nu lekker in zijn warme bed, dacht hij. Even voelde hij bewondering voor zijn broer die dit werk elke dag deed, week in week uit.

Hij tuurde op zijn lijstje. Hij wilde geen fouten maken. Als hij het goed deed, mocht hij vast nog een keer de krantenwijk lopen. Maar waar was nummer 113?

Hij ging schuilen in een portiek. Was hij wel in de goede straat? Er brandde licht in het huis ernaast. Aziz stond half voor het raam om in het licht zijn lijstje en de plattegrond met elkaar te vergelijken. Hij zag iemand rondscharrelen. Zou hij aanbellen?

Ineens zwaaide de deur open. Een grijs mannetje stond beverig glimlachend in de deuropening.

'Hicham er niet?'

Aziz voelde de warmte uit het huis komen.

'Je blijft daar toch niet staan? Het tocht.' De oude man gebaarde Aziz naar binnen te komen. Aziz bedacht zich geen twee keer.

Achterin het huis was een knus keukentje. Het mannetje stond ouderwets koffie op te gieten in een filter.

'Ik ben Evert,' zei hij. 'Ik ben zo doof als een kwartel. Ik versta je alleen als je schreeuwt, maar daar is het nu te vroeg voor. De buren slapen nog.'

Aan de muur hingen antieke schaatsen: Friese doorlopers. Er hingen ook foto's en medailles.

'Vroeger noemden ze me snelle Evert, maar dat is heel
lang geleden.' Hij wees lachend naar foto's aan de muur.

Aziz schrok van de tandeloze lach van de man. Gauw
keek hij weer naar de muur. Hij wees naar de Friese doorlopers.

'Pas op,' zei Evert. 'Ze zijn oud, maar messcherp.' Voorzichtig haalde hij ze van de muur, zodat Aziz ze van
dichtbij kon bekijken. De schaats had geen schoen, maar
een soort houten zool met veters die je om je schoen
moest binden. Daaronder zat in het hout het schaats-
ijzer.

'Ik vind ze te mooi om op te bergen. Daarom hangen ze
hier aan de muur.'

Evert schonk koffie in met warme melk uit een pan.

Aziz hield niet van koffie, maar durfde niets te zeggen.

Evert zag zijn benauwde gezicht.

'Chocolademelk dan maar?'

Aziz knikte opgelucht. Evert pakte een koekjestrommel en bood hem een eierkoek aan.

'Weinig vet en veel koolhydraten, dat is goed voor je spieren.'

Dankbaar nam Aziz de koek aan. Hij knapte helemaal op van de warmte, de koek en de chocolademelk. Zwijgend dronken ze aan de keukentafel.

Evert legde de krant open op tafel neer en schonk zichzelf nog een kop koffie in. Een grote foto van Gerard van Velde sierde de sportpagina.

Met een schuin oog probeerde Aziz het artikel te lezen.

Evert glimlachte.

'De tarzan uit Heerde. Hij weegt zeker negentig kilo, allemaal spiermassa, discipline en doorzettingsvermogen. Met talent alleen red je het niet. Gerard was altijd vierde, totdat hij olympisch goud won.'

Aziz droomde weg. Ineens stond hij op het podium met een gouden plak om. Iedereen, zijn vader, moeder, Hicham, Carmelita, Eddie en zelfs Marlon juichte hem toe. Aziz had zich nog nooit zo goed gevoeld.

'Moet je niet naar school?' zei Evert.

Aziz schrok wakker.

'Kom nog eens langs. Ik heb altijd verse koffie, ennuh, chocolademelk.'

Superheld

De bel was allang gegaan toen Aziz het schoolplein op rende. De deur van de klas was al dicht. Hij haalde diep adem en ging naar binnen.

'Daar hebben we Aziz,' zei juf. 'Leuk dat jij ook nog even langs komt. Ga gauw zitten.'

Aziz struikelde. Marlon had grijnzend zijn been uitgestoken. De hele klas grinnikte.

'Heel leuk, jongens,' zei juf. Ze deelde de rekenschriften uit. 'Niet iedereen heeft het onderdeel breuken en delen helemaal begrepen.'

Toen ze bij Aziz stond, fluisterde ze: 'Heb je al schaatsen?'

Aziz schudde zijn hoofd.

Juf knikte alsof ze iets van plan was. Ze ging voor de klas staan.

'Voordat we beginnen met rekenen. Wie heeft er nog schaatsen over voor Aziz?'

Iedereen keek naar Aziz. Hij wist niet waar hij moest kijken.

'Marlon, zeg het maar,' zei juf.

O nee, dacht Aziz, niet Marlon.

'Ik heb nog schaatsen voor Aziz, juf.'

'Mooi.' Juf keek stralend naar Aziz.

Hij kon haar wel schieten.

'Nou, is dat niet geweldig? Nu kan je meedoen met de rest. Daar mag je Marlon wel voor bedanken.'

Aziz keek naar Marlon, maar hij kon het niet over zijn lippen krijgen.

'Ik hoor niks,' zei juf.

'Dank-hmmf-je-hmmpf,' kon Aziz met een rood hoofd uitbrengen.

'Dat leek nergens naar, maar goed. We gaan beginnen.' Juf klapte het bord open en begon een som op het bord te schrijven.

Aziz was ontzettend moe. De cijfers op het bord leken te dansen. Was het $1/2 + 3/4$ of stond er nu $1/4 + 3/8$? Aziz wist het niet meer. Zijn oogleden werden steeds zwaarder. In één keer was hij weg in een diepe droomloze slaap. De kinderen om hem heen begonnen zachtjes te giechelen en stootten elkaar aan.

'Wat is er zo grappig?' vroeg juf geïrriteerd.

Ze schudde Aziz heen en weer tot hij wakker werd.

'Ben je gisteren te laat naar bed gegaan?' vroeg ze.

'Uh nee juf, ik ben te vroeg opgestaan.'

Er steeg luid gelach op uit de klas.

'Nog bijdehand ook,' zei juf. 'Ga jij maar op de gang staan.'

Op de gang kon hij even een tukje doen. Hij pakte zijn rugtas als hoofdkussen. Zijn oog viel op de krant met de foto van Gerard van Velde. Trots stond de schaatser in zijn glimmende schaatspak. Zo leek hij op Spiderman of Superman!

Aziz stelde zichzelf voor in zo'n schaatspak, met de spierbundels erbij natuurlijk. Thuis zou hij de foto netjes uitknippen en ophangen.

Wat ben ik moe. Hoe blijft Hicham overdag wakker? Ineens besefte Aziz waarom Hicham altijd op de bank lag. Bof! Als blok viel hij in slaap.

Toen hij de school uit liep, zag hij Marlon met Eddie smoezen.

'Kom dan, Azissukkel. Als je nu met ons meekomt, kan je je schaatsen krijgen, anders niet.'

Met tegenzin volgde hij het tweetal naar het huis van Marlon.

'Jij moet hier buiten wachten,' beval Marlon.

Aziz haalde zijn schouders op. Even later kwamen de jongens weer naar buiten.

'Kijk eens, wat ik voor je heb,' zei Marlon. Hij hield triomfantelijk een paar oude, roestige schaatsen omhoog.

Aziz slikte toen hij de vuile, versleten schaatsen aanpakte. 'Azizzuur? Een gegeven paard mag je niet in de bek kijken,' zei Marlon. 'Je kan natuurlijk altijd nog rondjes rennen rond de ijsbaan.'

'Ga je mee schaatsen? Marlons vader betaalt,' zei Eddie.

Aziz keek naar de schaatsen. Hij schudde nee en draaide zich snel om. Zijn ogen prikten, maar dat hoefden die twee klieren niet te zien.

Gouden handen

Vol goede moed spreidde Aziz een krantje uit op de keukenvloer. Hij ging die schaatsen gewoon opknappen! Hij maakte ze schoon en vette het leer in. De ene schoen had een flink gat. Bij de andere zat het ijzer los. Hij probeerde het met een schroevendraaier aan te draaien, maar hij schoot uit.

'Au!' Hij had een flinke schram op zijn hand. Hij smeet de schaatsen met de schroevendraaier neer.

'Zo, waar ben jij mee bezig?' vroeg Ismail toen hij binnenkwam.

'Niets,' schreeuwde Aziz, 'helemaal niets.'

Zwijgend pakte Ismail een van de schaatsen en bekeek hem van alle kanten.

'Van de vuilnisbelt?'

'Haha, heel grappig. Ik lig in een deuk.'

'Zie je dat je niet overal geld voor nodig hebt.'

Aziz zuchtte diep en draaide met zijn ogen.

'Nee, baba het is te zien dat deze rotdingen niets hebben gekost.' Hij stoof de keuken uit voordat Ismail iets terug kon zeggen.

In zijn kamer liet hij zich op bed vallen en verborg zijn hoofd onder zijn kussen.

Iedereen is tegen me, dacht hij. Zo zou hij nooit leren schaatsen.

Die nacht telde hij drie keer zijn spaargeld: 29 euro en 35 cent. Nog lang niet genoeg.

Aan de muur hing nu ook een poster van Gerard van Velde, gekregen van Evert. Gerard had ook veel tegenslag gehad. Maar híj had schaatsen.

'Aziz, het is half acht,' riep zijn moeder. Hij sprong uit zijn bed en zag meteen zijn schaatsen liggen, opgelapt en schoongemaakt! Daar moest zijn vader lang aan gewerkt hebben. Als automonteur stelde hij niets voor, maar soms had zijn vader gouden handen, dacht Aziz.

Nu hoefde hij alleen maar een beetje te oefenen en dan zou hij de wedstrijd winnen. Hij hoorde het publiek al juichen: 'Aziz, Aziz, Aziz!'

'Waar blijf je nou? Ik heb je nu al vier keer geroepen.' Zijn moeder stond in de deuropening met haar armen over elkaar.

Twintig rondjes

'De eerste zes die twintig rondjes hebben geschaatst, gaan door naar het wedstrijdteam,' sprak coach Jan de klas toe.

'Kijk juf.' Blij liet Aziz zijn opgeknapte schaatsen zien. 'Ik zit straks ook in het wedstrijdteam.' Hij was vol vertrouwen.

Coach Jan knipoogde naar hem: 'Misschien een volgende keer.'

'Laat iedereen maar zien wat je kan, Aziz,' zei juf bemoedigend.

Even later stond Aziz apetrots op het ijs in de starthouding. Ik race iedereen voorbij, dacht hij.

'Moet je niet eerst oefenen op het krabbelbaantje?' vroeg Eddie voorzichtig.

Marlon schudde zijn hoofd.

'Echt niet.' Aziz keek Marlon en Eddie uitdagend aan, maar zodra het startsein klonk duwde Marlon hem opzij. Aziz wankelde en maaide met zijn armen tot hij viel, terwijl alle andere kinderen de baan op stoven.

De tranen sprongen in zijn ogen. Hij zou ze krijgen, dacht hij. Hij krabbelde overeind en wilde afzetten, maar de schaatsen waren zo bot dat hij geen meter vooruit gleed.

Dan maar lopen, dacht Aziz en hij stapte over het ijs met schaatsen aan alsof er niets aan de hand was. Jaloers

keek Aziz naar de anderen die moeiteloos over het ijs zwierden. Eddie tikte hem op de schouder: 'Het gaat goed!'

Wat je goed noemt, dacht Aziz, maar hij stapte toch gewoon door.

Aan de kant zat schele Margreet te turven. Met haar verzwikte enkel kon ze voorlopig niet schaatsen. Ieder kind dat zijn twintig rondjes had gereden, kreeg van haar een bonnetje voor warme chocolademelk.

Later op de middag werd de ijsbaan steeds leger.

O, wat deden zijn voeten pijn. Hij moest even gaan zitten. Je moet je schaatsen laten slijpen, had de coach gezegd.

Aziz zuchtte diep toen hij hoorde dat het tien euro kostte. Dat geld had hij toch helemaal niet!

'Greet, volgens mij ben ik er bijna. Geef me dat bonnetje voor de chocolademelk nu maar vast,' zei Aziz.

Schele Margreet schudde ferm haar hoofd.

'Nog zeven rondjes en ik heet Mar-greet.'

'Zeven rondjes, dat kan niet. Je hebt niet goed opgelet. Ik ben sneller dan je denkt,' zei Aziz hoopvol, maar Margreet trapte er niet in.

Het werd al donker en Aziz was als enige overgebleven op de ijsbaan. Margreet was ook verdwenen, maar ze had een bonnetje onder een steentje voor hem klaargelegd.

Hij was helemaal stijf van de kou en de spierpijn. Zo was schaatsen natuurlijk niets aan. Hij trok zijn gympen aan.

Op weg naar de kantine kwamen de eerste kinderen hem al weer tegemoet. Even later zwaaide Aziz met zijn bonnetje naar de meneer achter de bar. Hij was een grote pan aan het schoonmaken.

'De chocolademelk is op. Wij gaan zo sluiten.'

Buiten klonk het getoeter van de bus.

In de bus terug naar school zaten zes kinderen te juichen. Eddie, Marlon en Tim waren de snelsten.

'Het feest kan beginnen want wij gaan winnen.'

Leuk voor je, dacht Aziz en hij ging achterin zitten.

De messen zijn geslepen

Oh, wat ben ik snel, dacht Aziz, de snelste in de hele buurt.

Ismail bracht bestellingen rond voor Abdullah, de slager, en Aziz hielp hem. Hij rende graag door de trappenhuizen. Af en toe sloeg hij een tree over of gleed hij langs de leuning naar beneden. In je eentje win je altijd, maar daarom was het niet minder leuk.

Deze keer had Aziz vreselijke spierpijn van het lopen

op de botte schaatsen. Bij elke trap op leek het alsof iemand een mes in zijn dijbeen stak.

Ik wil nooit meer schaatsen, dacht hij. Wat een rotsport. Krom van de pijn hing hij tegen de muur terwijl hij aanbelde. Tot zijn grote verbazing deed Carmelita open.

Hij schoot direct overeind en voelde geen pijn meer. Met een grote glimlach gaf hij haar het pakketje van de slager.

Carmelita keek moeilijk en durfde het pakje nauwelijks aan te nemen.

'Wat heb je aan je hand?' vroeg Aziz geschrokken. Carmelita's hand zat vol met pleisters.

'O, niks. Gevallen.'

'Met schaatsen?'

Ze gaf geen antwoord en keek naar beneden. Toen fluisterde ze: 'Ik heb geen geld.'

'Oh, dat maakt niet uit. Dat komt volgende keer wel.'

Het kon Aziz niets schelen of Carmelita betaalde of niet. Hij kon alleen maar naar haar glimlachen.

'Meen je dat?'

'Natuurlijk. Als er wat is, zal ik je altijd helpen.'

Haar gezicht klaarde helemaal op en dat gaf Aziz een warm gevoel van binnen. Hij wist nog niet hoe hij zijn vader ging uitleggen, dat een klant niet had betaald. Maar dat zag hij later wel.

'Leuk hè, dat je nu ook kan schaatsen.'

Aziz haalde zijn schouders op.

'Nou ja, leuk... Ik moet ze laten slijpen, maar dat kost 10 euro en die heb ik niet.'

Carmelita dacht even na.

'Je werkt toch voor Abdullah de slager?'

Aziz knikte.

'Die kan toch gratis je schaatsen slijpen. Slagers slijpen hun eigen messen en dat is praktisch hetzelfde.'

Wat een geweldig idee van Carmelita. Spontaan gaf hij haar een zoen.

Meteen werd hij knalrood. Carmelita sloeg glimlachend haar ogen neer.

'Sorry,' fluisterde Aziz en hij sprintte de trappen af.

'We moeten naar oom Abdullah,' schreeuwde hij zijn vader al struikelend toe.

'Waar is het geld?'

'Oom moet mijn schaatsen slijpen.'

Ismail keek zijn zoon vermoeid aan.

'Het is bijna etenstijd. We gaan naar huis.'

'Nee, dat kan echt niet. Baba, als we opschieten, redden we het net voor sluitingstijd. We moeten ook mijn schaatsen nog thuis ophalen.'

'Waar is het geld, Aziz?'

'Wat? O, het geld. Tja, haar ouders waren niet thuis. Ze betaalt de volgende keer dubbel. Ze zit bij mij in de klas. Het komt goed.' Aziz knikte heftig.

'Het komt goed? Bij jou in de klas, hmm, een mooi meisje zeker.'

Aziz werd rood en Ismail glimlachte.

'Oké, we gaan naar oom Abdul. Het is, geloof ik, heel belangrijk hè, als het om een mooi meisje gaat...'

Aziz zei niets. Hij was blij dat hij zijn vader had overtuigd, ook al ging het om iets anders.

Abdullah de slager stond net zijn messen te slijpen. Aziz staarde met grote ogen naar de vonken die er vanaf spatten.

'*Labès*, Aziz. Zeg je niets meer als je binnenkomt?'

'*Labès*, oom Abdullah… Mag ik u wat vragen?'

Aziz hield zijn schaatsen omhoog.

'Ik moet een wedstrijd rijden, maar dat kan niet op botte schaatsen. Wilt u ze alsjeblieft, *íla brìti*, slijpen?' smeekte Aziz.

Fronsend keek Abdullah naar de aftandse schaatsen.

'Wat zijn dat voor vieze dingen?'

O nee, dacht Aziz, je mag geen nee zeggen, oom.

'Die had ik vroeger ook,' zei een Hollandse klant. 'Wat leuk dat jullie dat ook doen.'

Abdullah keek hem aan.

'Ja, dat is mijn neefje. Hij is heel goed in…'

'Schaatsen,' vulde Aziz aan.

'Goed slijpen en dan in de vaseline, hè. Dan houd je de roest weg.'

Aziz knikte en gaf zijn schaatsen aan zijn oom. Even later had hij twee messcherpe ijzers terug. Hij kon zijn geluk niet op. Thuis toonde hij ze trots aan Gerard van Velde op de foto. Hij oefende op zijn sokken zijn schaatshouding. Morgen zou het echte werk beginnen.

Onbeperkt schaatsen

In de klas keek Aziz elke vijf seconden naar de klok.

Die wijzers zijn niet vooruit te branden, dacht hij. Achter zich hoorde hij gegiebel. Hij hoefde niet om te kijken om te weten dat het Eddie en Marlon waren.

Eddie was nu de beste vriend van Marlon. Omdat hij altijd snoep bij zich had, natuurlijk.

Eddie had nu ook twee streepjes uit zijn ene wenkbrauw geschoren, net als Marlon.

'Wil je drop?' Marlon porde Aziz in zijn zij. Hij stak zijn tong uit waarop een dropje lag te smelten. Hij en Eddie proestten het uit.

Dik lachen, dacht Aziz, maar met mijn geslepen schaatsen ben ik straks de winnaar. Dan zal Eddie op zijn knieën smeken of we weer asje-asjeblieft vrienden kunnen zijn.

Eindelijk ging de bel. Aziz sprintte de klas uit.

Voor de ijsbaan hing een groot bord: ONBEPERKT SCHAATSEN VOOR VIJF EURO. Belachelijk duur, vond Aziz.

Hij slenterde om de ijsbaan heen. Achter de bosjes hoorde hij de kinderen plezier maken.

Zo hoog is dat hek niet, dacht hij. Hij liep nog een stukje verder door en keek om zich heen. Niemand te zien. In één beweging gooide hij zijn rugtas over het hek en nam een aanloop.

Kggg. Aziz bleef haken. Hij was over het hek, maar in het T-shirt van Hicham zat een flinke winkelhaak. Hier moest hij iets op verzinnen, maar niet nu.

Even later stond Aziz op het ijs en gleed met zijn voeten alle kanten op. Wauw, met geslepen schaatsen ging je vanzelf vooruit.

Nu nog overeind zien te blijven. De kinderen om hem heen deinsden opzij om zijn zwaaiende armen te ontwijken.

'Rustig Aziz,' zei hij tegen zichzelf. Hij dacht aan wat de coach hem had geleerd. Recht op je schaatsen staan, enkels aanspannen, niet zwikken, door je knieën en schuin afzetten.

En ja hoor, daar ging hij. Heel langzaam en een beetje stijf, want hij was bang om te vallen. Bof. Daar lag hij al. Hij krabbelde direct overeind en probeerde het opnieuw. Trots dacht hij: ik schaats.

Aziz bleef steeds langer overeind voordat hij viel. Hij durfde meer en sneller te schaatsen.

Voor hij het wist, was hij van het krabbelbaantje af en reed hij op de grote ijsbaan.

Hier schaatsten veel grote mensen. Hij zag alleen maar benen.

'Opzij, kleuter.'

Aziz kreeg een por in zijn rug. Dit was eng. Hij wilde stoppen, maar hij wist niet hoe. Toen stevende hij af op twee boomstammen van benen. Vastgrijpen was zijn enige redding.

'Hé, wat moet dat?'

Een breed lachende reus met halflang haar torende boven hem uit.

'Sorry, meneer, maar ik wist niet hoe ik moest remmen.'

Een luide lach klonk.

'Is dat alles? Kom maar, het is heel makkelijk.' De man liet Aziz zien hoe hij de achterkant van zijn schaats naar buiten moest draaien. 'Zo vorm je een V met twee schaatsen. Als je het goed kan, lukt het met één schaats.'

Samen schaatsten ze een stukje op, totdat Aziz af kon slaan naar het krabbelbaantje.

'Bedankt meneer,' riep Aziz. Op wie leek die reus nou? Thuisgekomen keek dezelfde reus hem aan op de poster aan de muur. Nee toch? Zijn Gerard?

De geheime deur

Aziz belde aan bij Carmelita. Ze was vandaag niet op school geweest. Op een kier ging de deur open.

'Ben je ziek?' vroeg Aziz. 'Wat heb je?' Hij duwde de deur open om naar binnen te gaan.

'Ik heb hoofdpijn,' zei Carmelita. Aziz zag een flinke buil op haar voorhoofd.

'O.'

Carmelita beet op haar lip. Aziz wist niet wat hij nog moest zeggen.

'Nou, dan ga ik maar. Het schaatsen gaat geweldig nu,' riep hij nog snel.

Toen was de deur dicht.

Ismail was weer eens aan het sleutelen aan de auto. Aziz stond tussen de onderdelen en het gereedschap. Psssj, klonk het.

Vloekend kwam Ismail overeind. Zwarte motorolie droop van zijn gezicht en zijn brilletje.

'Doekje baba?' zei Aziz. Terwijl zijn vader zijn bril poetste, liet hij stilletjes een nijptang in zijn broekzak glijden.

's Nachts wachtte Aziz tot iedereen sliep. Zijn broer ging altijd vroeg naar bed voor zijn krantenwijk. Zijn vader kon nog wel eens laat tv kijken.

Aziz telde zijn spaargeld: 52 euro en 65 cent. Hij was blij dat hij af en toe zijn broers krantenwijk mocht lopen, dat tikte aan.

Toen het huis eindelijk stil was, schoot Aziz in zijn kleren. Voordat hij wegging, stak hij zijn duim op naar Gerard van Velde en even leek het alsof Gerard hem een knipoog gaf.

Zachtjes opende Aziz de deur.

Wat gek, dacht hij. Blauw licht straalde over de gang. Hij stond aan de grond genageld. Het Boze Oog keek hem doordringend aan. Gauw deed Aziz zijn kamerdeur dicht.

Wat nu? Wel een minuut stond hij in zijn kamer.

Het is toch van de gekke, dacht hij. Het is maar een hangertje en het kan niet eens praten.

Hij raapte al zijn moed bij elkaar en rende de gang op. Als een haas vloog hij langs het Oog en snel naar buiten.

Hijgend hing hij tegen de muur. Wat was het toch een eng ding. Hij snapte niet wat zijn moeder er goed aan vond.

Aziz fietste door de donkere nacht naar de ijsbaan. Er was geen kip op straat. Hij haalde de nijptang uit zijn rugtas.

Hij was een beetje zenuwachtig, maar het lukte hem een gat in het hek te knippen. Wauw, nu had hij zijn eigen geheime deur naar de ijsbaan.

Even later stond hij op het ijs. De hele ijsbaan was van hem. Het voelde geweldig. Zoveel vrijheid! Niemand waar hij tegenop kon botsen.

Aziz schaatste en schaatste. Hij vergat bijna de tijd. Hij wilde thuis zijn voordat zijn broer wakker werd. Nog een rondje en nog een rondje en nu dan het allerlaatste rondje.

Aziz vloog over het ijs. Hij leerde supersnel. Het zou niet lang duren of hij kon de coach ervan overtuigen dat hij de wedstrijd móést rijden.

Marokkanen schaatsen niet

Die middag regende het en de ijsbaan was dicht. Aziz wilde geen moment verloren laten gaan. Hij besloot in huis op schaatsen rond te lopen. Zo kon hij zijn evenwicht oefenen.

Het Oog leek hem boos aan te kijken, maar Aziz stak gewoon zijn tong uit.

'Wat is dat?' schreeuwde zijn moeder.

Aziz schrok. Hij zat op de bank naar een interview met Gerard van Velde op tv te kijken.

'Wattisser?' vroeg hij verbaasd.

Zijn moeder keek alsof zij een pissebed zag kruipen. Ze wees.

'Dat daar... aan je voeten.'

Aziz zat met zijn schaatsen aan voor de tv.

'Het zijn toch geen schoenen?' Aziz deed altijd keurig zijn schoenen uit in huis. Maar schaatsen waren iets anders, vond hij.

'Uit, nu. Straks praat ik met je vader. Dat schaatsen van jou wordt een obsessie. Dat is niet goed.'

Vlug deed Aziz zijn schaatsen uit en sloot zich op in zijn kamer. Hij was bang dat zijn moeder hem misschien zou verbieden om te schaatsen. Dat zou een ramp zijn.

Hij hoorde zijn moeder met zijn vader praten. Ze spraken Arabisch. Aziz verstond het niet zo goed, maar af en toe viel het Nederlandse woord 'schaatsen.'

Toen Hicham thuiskwam, nam Yasmina hem apart. Aziz gluurde door de deurkier.

'Je moet met hem gaan voetballen. Hij is teveel met schaatsen bezig, dat is niet goed. Marokkanen schaatsen niet.'

Hicham knikte.

'Het wordt steeds erger,' vervolgde zijn moeder, 'nu draagt hij zelfs zijn schaatsen in huis.'

'Als Aziz schaatsen in huis draagt, is het te laat,' zei Hicham. 'Dan heeft het geen zin meer om met hem te voetballen. Hij is een verloren zaak.'

Aziz giechelde achter de deur. Het leek wel of er stoom uit Yasmina's neusgaten kwam.

'Misschien als we thuis alleen nog maar Arabisch praten, ga jij met Aziz vrijdags naar de moskee...' dacht Yasmina hardop.

'Nou nou mam, dat hoeft toch allemaal niet?' zei Hicham. 'Trouwens, ik ben al heel lang mijn Tommy Hilfiger T-shirt kwijt. Is het in de was?'

Het Boze Oog leek achter Yasmina op te lichten. Aziz deed snel zijn deur dicht. Het shirt had een winkelhaak, daar moest hij nog iets op verzinnen, maar wat?

Tijger

Aziz stond te kijken bij de ijsbaan. Coach Jan was zijn team aan het trainen. De zes jongens sprongen over bankjes. Ze deden samen buikspieroefeningen.

Het ziet er gezellig uit, dacht Aziz. De jongens zaten elkaar achterna en lachten. Coach Jan floot en een paar minuten later stond iedereen met schaatsen en al op het ijs.

O, wat wilde Aziz graag meedoen. En waarom ook niet? Coach Jan dacht nog steeds dat Aziz nauwelijks vooruit kwam. Aziz trok de stoute schoenen aan.

'Kom je kijken hoe we 't doen?' vroeg Jan vriendelijk. 'Jongens: twee aan twee. Eddie en Marlon: jullie rijden tegen elkaar.'

Aziz wist niet hoe hij het moest zeggen.

'Eigenlijk coach, eigenlijk wou ik ook meedoen.'

'Tja, dat kan niet. Dat weet je zelf ook wel. Kijk maar toe, daar leer je ook van.'

'Maar, ik heb geoefend.'

'Dat is mooi, maar nee is nee,' zei de coach. Met een strak gezicht liep hij naar de startstreep.

Aziz stak zijn handen diep in zijn zakken. Hij wilde de coach niet boos maken, maar hem laten zien wat hij kon.

Hier en daar stonden wat ouders langs de kant. De vader

van Marlon zei tegen iedereen die het maar horen wilde: 'Mijn zoon wint altijd.' Hij sloeg Marlon op zijn schouder. 'Hij is er gewoon niet op gebouwd om te verliezen, hè tijger.'

De andere ouders keken zuchtend weg. Zelfs Marlon keek naar de grond.

'Hou nou op, pa,' hoorde Aziz hem zeggen.

Marlon schaatste weg.

'Ik wil dat je een succes bent, tijger,' riep zijn vader hem na, 'dat is het enige wat ik nodig heb om gelukkig te zijn.'

Toen zei hij tegen Aziz: 'Ja, ik zie je kijken. Je zou willen dat je zo goed was als mijn Marlon, hè, maar daar kan jij alleen maar van dromen.' Een vette lach volgde.

Aziz haalde zijn schouders op. Wat een opschepper. Marlon en Eddie stonden in de starthouding.

'Klaar?' Fuuuut.

De jongens schoten weg als raketten. Marlon had langere benen dan Eddie, maar Eddie was razendsnel. Marlon won op het nippertje.

Iedereen klapte en de vader van Marlon keek rond alsof hij zelf had gewonnen.

Aziz klapte niet. Hij stond met zijn armen over elkaar, zijn lippen stijf samengeperst.

Het is niet eerlijk, dacht hij, ik hoor er ook bij.

'Hé Azissukkel, kom je rondjes om de ijsbaan sjokken?' riep Marlon.

'Ik schaats jou in één ronde voorbij,' zei Aziz.

'Voel jij je wel lekker? Waar is je soepjurk?' zei Marlon.

'Ben je bang dat je afgaat?' zei Aziz.

Eddie trok wit weg.

'Waarom zet je jezelf altijd voor schut?' vroeg hij aan Aziz. 'Wie wil nou nog vrienden met je zijn?'

'Jullie weten niet hoe goed ik ben geworden,' hield Aziz vol.

Marlon lachte: 'Waar wacht je op? Sommige mensen zijn geboren om af te gaan, Azissukkel. En jij bent er één van.'

Aziz trok zijn schaatsen aan en liep naar de start-streep. Hij voelde zijn hart in zijn keel kloppen.

'Ik kan het, ik wil het, ik win, *insh'Allah*,' fluisterde hij tegen zichzelf.

'Zit je toverspreuken te prevelen? Dat heb jij wel nodig,' zei Marlon.

Marlons vader gaf het startsein.

'Klaar? Af!'

En weg waren ze. Marlon sprintte Aziz meteen voorbij op zijn korte ijshockeyschaatsen.

Aziz maakte lange halen. Langzaam maar zeker werd de afstand tussen Marlon en hem kleiner. In de tweede bocht ging Aziz laag door de knieën. Hij maakte een enorme snelheid. Vlak voor de finish schaatste hij Mar-lon voorbij.

Als een vis op het droge hapte Marlon naar adem. Eddie juichte en Aziz ook. Hij wilde Marlon de hand schudden, maar Marlons vader kwam plotseling tussenbeide. Hij nam zijn zoon apart.

'Wat maak je me nou? Verlie-mmpf.' De man kon zijn

woorden niet afmaken en veegde zijn tranen weg. 'Winnen is ALTIJD belangrijker dan meedoen. Het is maar goed dat de coach niets heeft gezien. Dit mag nooit meer gebeuren,' siste hij Marlon toe.

Opeens had Aziz medelijden met Marlon, die heel klein naast zijn boze vader stond. Ook Eddie was sprakeloos. Hij stak zijn hand uit naar Aziz.
    'Je bent gruwelijk goed geworden.'
    Aziz pakte zijn hand niet aan. Hij was nog steeds boos.

Hij liep naar de coach.

'Ik heb gewonnen van Marlon. Mag ik nu in het team, coach?' vroeg hij hoopvol.

De coach lachte. 'Als jij hebt gewonnen van Marlon, dan heeft hij jou laten winnen.' En weg was hij.

'Nee,' riep Eddie, 'het is echt waar. Aziz kan schaatsen, hij is beter dan Marlon en ik.'

Bedenkelijk keek Jan naar Eddie.

'Hij mag, hij MOET mijn plaats innemen, dan winnen we zeker.'

Nu werd de coach nieuwsgierig.

'Zoveel vertrouwen ineens, nou, dat moet ik zien. Aziz, rij maar een rondje, zo hard je kán. Ik klok je.'

Dat hoefde de coach geen twee keer te zeggen. Opnieuw liet Aziz zien hoe hij kon vliegen over het ijs.

'Wat een snelheid. Hoe heb je me zo voor de gek kunnen houden, Aziz?'

Aziz glimlachte van oor tot oor.

'Ik vind niet dat Eddie zijn plek hoeft af te staan. We trainen gewoon met zeven man. Je moet altijd op tijd komen. Je mag geen training missen want dan lig je eruit. Begrijp je dat?'

Aziz knikte heftig.

'Tegen de tijd dat de wedstrijd in zicht is, bekijken we wie er zal rijden, maar je maakt een goede kans.'

Nu kon Aziz zich niet langer inhouden. Spontaan omhelsde hij Eddie.

Marlon en Tim keken van een afstandje hoe Eddie en Aziz met de armen om elkaars schouders wegliepen.

Arabisch

Aziz danste naar huis. Even stopte hij voor de sportwinkel.

'Jullie zijn straks van mij,' zei hij tegen de schaatsen in
de etalage. 'Samen gaan wij naar de top.' Hij zwaaide
naar de winkelier, die terugzwaaide.

Opgewonden holde hij naar zijn huis. Zijn moeder zou
hem geweldig vinden, als ze wist dat hij had gewonnen.
Daar was Aziz zeker van.

Toen hij thuiskwam, hoorde hij zijn ouders ruziemaken
in de keuken.

'Wat doe je met die auto? Ik heb ik weet niet hoeveel
geld aan schroefjes en gereedschap uitgegeven. En er
gebeurt niets. Iedere keer zeg je: "hij is bijna klaar", maar
hij is nu al jaren stuk.'

Aziz zag zijn vader als een klein jongetje op een stoel
zitten.

Ik zal ze blij maken, dacht hij.

'Mama, baba, ik heb gewonnen. Ik zit in het team. Ik
mag straks de wedstrijd schaatsen en dan winnen we
zeker.' Aziz sprong op en neer in de keuken.

Zijn vader keek blij.

'Waarom heb jij je schoenen niet uitgetrokken?'

Aziz trok direct zijn schoenen uit.

'Ik wil dat je voortaan thuis Arabisch praat.'

'Hoezo? U verstaat me toch?'

'Maar de mensen in Marokko spreken geen Hollands, *kh'msmaar*, ezel.'

Aziz haalde zijn schouders op.

'Ik meen het,' zei Yasmina streng. 'Wij gaan binnenkort naar Marokko. Jij wordt mij veel te Hollands, veel te brutaal. Je broer noemt je al een verloren zaak.'

'Mam, dat kan echt niet. Ik heb een schaatswedstrijd. Ik zit in het...'

'Arabisch!'

Aziz slikte. Hij wist niet wat schaatsen in het Arabisch was. Hij keek zijn vader aan, die bleek zag van de schrik.

'Yasmien, toe.'

'Ik wil jullie niet meer zien of horen, nepautomonteur. Jij bent ook niets waard. Eruit, jullie allebei.'

'Baba, ik hoef toch niet echt naar Marokko?' vroeg Aziz nerveus.

Ismail gaf hem een zoen op zijn voorhoofd.

'Je moeder heeft de laatste tijd veel last van hoofdpijn. Blijf maar een beetje uit haar buurt.'

'Baba, wat is schaatsen in het Arabisch?'

Ismail schudde verdrietig zijn hoofd. Hij zocht naar zijn sigaretten en even later liep hij de deur uit.

Stil sjokte Aziz naar boven. Hij plofte op zijn bed.

'Mijn moeder is gek, Gerard. Wat kan je daar nu aan doen?'

Maar deze keer zei Gerard niets terug.

Wraak

Aziz deed de krantenwijk van zijn broer steeds vlotter. Hij ontbeet dan bij de oude Evert terwijl hij luisterde naar zijn schaatsavonturen, zoals de Friese Elfstedentocht in de barre winters van vroeger.

Voordat Aziz die dag naar school ging, telde hij nog een keer zijn spaargeld. 90 Euro had hij al bij elkaar.

'Baba, ik heb nog 10 euro nodig en dan kan ik schaatsen kopen. Wilt u me helpen?'

Ismail streek hem over zijn bol.

'Als jij me helpt met bestellingen rondbrengen, mag je het fooiengeld houden. Net zolang tot je genoeg geld hebt.'

'Joepie!' Aziz knuffelde zijn vader stevig. 'Baba, ik heb nog één klein dingetje... Ik heb een ongelukje gehad met een T-shirt van Hicham. Nu zit er een gaatje in. U kunt toch onzichtbaar naaien?'

'Ezeltje van me. Leg het maar klaar op je bed en dan zal ik er naar kijken.'

'Ik help u zo vaak u wilt met bestellingen. Gratis. Nou ja, nadat ik genoeg geld heb verdiend, natuurlijk.'

'Natuurlijk,' zei Ismail.

Na school ging hij naar de ijsbaan. Daar stond coach Jan die een rij bankjes had opgesteld waar ze overheen moesten springen. Nu deed Aziz ook mee met de buikspier-

oefeningen. En daarna moesten ze drie minuten 'zitten zonder stoel'. Dat vond Aziz de zwaarste oefening.

'Door je knieën, je bent toch geen oud wijf,' riep de coach en hij controleerde iedereen.

Hij telde altijd heel langzaam af:

'...8, $8^1/_2$, $8^3/_4$... neeeegen en zo verder. Eddie en Tim hielden het niet langer vol en gingen rechtop staan.

'Watjes!' klonk het dan. 'Thuis oefenen, anders tel ik er een minuut langer bij.'

Aziz' bovenbenen begonnen van binnen te branden. Hij perste zijn lippen samen en keek naar Marlon, die het ook moeilijk had. Hij wilde in geen geval eerder opstaan. Zij bleven dan ook als laatsten over.

'En klaar,' zei de coach.

Maar Marlon bleef nog zitten, dus Aziz ook.

'Kom op jongens, we hebben het gezien. Jullie zijn de besten. Of zijn jullie zo stijf dat je niet meer rechtop kan staan?'

Marlon en Aziz veerden direct op.

'Schaatsen aan en wedstrijdje, iedereen tegelijk.'

Coach Jan floot.

Aziz was vastbesloten te winnen. Hij richtte zijn blik op het ijs. Hij hoorde alleen het krassen van de schaatsen. Een heerlijk geluid vond hij dat.

'Hé Azissukkel!' Ineens zat Marlon pal achter hem.

Pets! De schaats van Marlon tikte tegen de achterkant van zijn schaats. Hij zwaaide met zijn armen om zijn evenwicht te bewaren.

Marlon sprintte hem voorbij.

Aziz moest Eddie en zelfs Tim voorbij laten gaan voordat hij weer op snelheid was.

Rotzak, dacht hij, ik krijg je nog wel.

'Wat gebeurde er?' vroeg de coach. 'Je ging zo goed, ik dacht dat je weer de snelste zou zijn en nu ben je vierde? Alleen de beste drie rijden straks de wedstrijd.'

Marlon en Tim gaven elkaar een hand. Aziz wierp een

blik op het grijnzende smoel van Marlon, maar zei niks.

Coach Jan begreep er weinig van.

'Het geeft niet, iedereen heeft wel eens een slechte dag. Ik heb alle vertrouwen in je. Volgende keer beter.'

Marlon baalde zichtbaar van die woorden van Jan. Toen Eddie en Aziz samen naar huis liepen, kwam hij hen achterna.

'Ik moet m'n schaatsen terug,' zei Marlon.

Aziz keek hem verbaasd aan.

'Je hebt ze nou lang genoeg geleend. Je verslijt ze hele-maal.'

Even wilde Aziz zich verdedigen, maar hij kende Mar-lon langer dan vandaag. Hij smeet Marlon zijn schaatsen toe.

'Ik hoef die aftandse rotdingen van jou niet. Stik er maar in.'

Boos liep hij weg met Eddie op zijn hielen.

'Aziz, wat nu? Zonder schaatsen kun je niet trainen, laat staan de wedstrijd rijden,' zei Eddie zenuwachtig. Ze waren net bij de etalage van de sportwinkel.

Aziz haalde zijn schouders op.

'Geeft niet. Ik heb bijna genoeg gespaard voor nieuwe. Vanavond haal ik genoeg fooi op om morgen die schaat-sen te kopen.' Eddie keek trots naar zijn vriend.

'Pfff, gelukkig. Ik zou het niet uit kunnen staan als Marlon zijn zin kreeg.'

Gordijntje

Met luide Arabische popmuziek reed het busje van Ismail de straat in. Aziz zat voorin weg te dromen over zijn spiksplinternieuwe ijzers. Hij zou die irritante Marlon voor altijd ver achter zich laten.

Hij was moe, maar toch rende hij de trappen op en af. Hij wilde zo graag die laatste euro's incasseren. Hij zag alleen nog maar geld in oude handen, jonge handen, handen met veel ringen, bruine handen en met henna beschilderde handen. Het kleingeld rinkelde zwaar in zijn zak en dat geluid stemde Aziz tevreden.

Nog één deur te gaan, maar volgens mij ben ik al over de tien euro, dacht hij.

Daar woonde Carmelita. Ze deed open, maar keek Aziz niet aan.

Aziz begon te vertellen hoe goed het ging en dat hij morgen nieuwe schaatsen ging kopen.

'Ik heb zoveel geld, dat ik zeker weet dat ik overhou. Ik weet nog niet wat ik daarmee ga doen,' schepte hij op. 'Ben je niet blij voor me?'

'Ja,' zei Carmelita met een verstikte stem. Ze keek nog altijd naar beneden. Haar haar viel voor haar gezicht. Het was net een gordijntje.

Aziz kon het niet laten om het opzij te schuiven. Hij schrok van wat hij zag.

'Ben je alweer gevallen?'

Carmelita schudde haar hoofd. Ze had een dikke lip en een kras in haar gezicht. Ze begon te fluisteren.

'De vriend van mijn moeder slaat me. Aziz, je moet me helpen.'

'Doet je moeder dan niets?'

'Nee, ze is bang. Daarom mag ik mijn vader niet bellen. Toe, als je zoveel geld hebt, koop dan een treinkaartje voor me zodat ik naar mijn vader in Utrecht kan.'

Aziz wist niet wat hij moest zeggen. Zoveel geld had

hij nu ook weer niet. Hij had het een beetje overdreven om indruk te maken. Morgen wilde hij zijn schaatsen gaan kopen.

'Eh... is er geen andere manier?'

'Wat voor manier? Je hebt zelf gezegd: als er wat was, zou je me helpen.' Tranen liepen stil over haar gezicht.

Aziz moest bijna meehuilen.

'Oké dan, vanavond acht uur bij de lantaarnpaal.'

Ze glimlachte door haar tranen heen.

Aziz glimlachte opgelucht mee.

'Dank je, dank je wel,' zei Carmelita. Vanaf de weg klonk het ongeduldige getoeter van Ismail.

'Wat trek jij een moeilijk gezicht? Heb je geen fooi gekregen?' vroeg Ismail verbaasd.

Aziz antwoordde niet.

'Baba, ik heb honger. Laten we snel naar huis gaan.'

De treinreis

Aan tafel zat Aziz met zijn eten te spelen. Misschien is een treinkaartje niet zo duur, dacht hij. En met het fooiengeld had hij het tekort zo weer aangevuld.

Hoe moest het nu met de training aanstaande zaterdag? Aziz wist het niet, maar hij kon niet aan alles tegelijk denken, want dan barstte zijn hoofd uit elkaar.

'Ik dacht dat jij zo'n honger had,' zei Ismail. 'Je moeder heeft haar best gedaan in de keuken. Een beetje respect mag wel.'

'Sorry.' Aziz nam gauw een paar happen achter elkaar. 'Mam, mag ik mijn huiswerk bij Eddie thuis maken?'

'Jij mag helemaal niks,' zei Hicham en gaf Aziz een tik op zijn achterhoofd.

'Au, waar is dat voor nodig. Mam, alsjeblieft, we zijn net weer vrienden en...'

'Ik vind het geen goed idee,' zei Hicham, 'blijf maar thuis dan kun je je Arabisch oefenen.'

Yasmina keek blij naar Hicham.

'Kijk Ismail, Hicham begrijpt het,' zei ze tevreden.

Aziz keek zijn broer aan. Soms kon hij hem niet uitstaan. 'Breezers, zit daar nu alcohol in of niet?'

'Wat zijn briesers?' vroeg Yasmina.

Hicham kreeg het zichtbaar benauwd.

'Aan de andere kant, mam, als het voor school is, dan moet Aziz misschien toch gaan. Hij moet doorleren, want daarvoor zijn we tenslotte in Nederland.'

'Ja, daarvoor zijn we hier,' herhaalde Aziz.

'Hmm,' zei Yasmina, 'als je maar om negen uur thuis bent.'

Dat liet Aziz zich geen twee keer zeggen. Gehaast bracht hij zijn bord naar de keuken en liep naar buiten.

Hij liep naar de afgesproken lantaarnpaal. Carmelita kwam uit de schaduw tevoorschijn. Ze had een klein koffertje bij zich. Ze waren allebei verlegen.

'Zal ik hem dragen?' vroeg Aziz en samen wandelden ze naar het stationnetje.

Bij een kaartautomaat konden ze kaartjes kopen. Plotseling dook er een zwerver op. Hij stak een smoezelige hand uit naar Aziz.

'Heb je een euro voor me?'

Aziz ging beschermend voor Carmelita staan.

'Nee,' zei hij resoluut, 'ga weg.'

'O, nou, ik wist niet dat je kwaad werd,' zei de zwerver en droop af.

Aziz zag ineens dat in alle hoeken van de stationshal zwervers hingen of lagen.

'Wat een enge mensen hier. Ik laat je niet alleen reizen. Dat is veel te gevaarlijk. Je hebt een man nodig.' Hij haalde vlug nog een kaartje uit de automaat.

Carmelita keek blij.

In de trein zaten ze tegenover elkaar en deden ik-zie-ik-zie-wat-jij-niet-ziet.

'Ik zie... een Fristi, een roze koek en een zakje paprika-chips,' zei Carmelita.

Aziz keek om zich heen en zag het koffiekarretje met fris en snoep.

'Heb je honger?' vroeg hij.

Carmelita knikte heftig.

Aziz glimlachte en bestelde alles wat Carmelita opnoemde.

'Ik had nog niet gegeten,' zei ze terwijl ze de verpakking van de koek openscheurde.

'Dat wordt dan twaalf euro vijftig,' zei de koffiekarmeneer.

'Wat?' zei Aziz.

Met tegenzin betaalde hij en staarde naar het slinkende geld in zijn hand. Zo schoot het wel op.

Bij Carmelita's huis wilde Aziz niet mee naar binnen.

'Waarom niet, mijn vader is heel aardig en...'

'Nee, ik moet terug. Anders wordt mijn moeder boos.'

Aziz gaf haar het koffertje terug.

'Dank je wel,' fluisterde ze, 'dank je wel voor alles.'

De kerkklok sloeg negen maal, maar Aziz liep niet weg. Zijn voeten leken vastgelijmd.

Ook Carmelita bleef staan.

'Pas goed op jezelf,' zei hij zachtjes.

Carmelita knikte. Toen gaf ze hem voorzichtig een zoen.

Aziz voelde hoe hij kleurde. Haar lippen brandden op zijn wang.

Carmelita had zichzelf binnen gelaten.

Door het raam zag Aziz dat Carmelita's vader haar omhelsde. Hij rende de hele weg terug naar het station.

Aziz had geen kaartje voor de terugreis en was niet van plan er een te kopen. In de trein liep hij van de ene wagon naar de andere, tot hij in een verlaten eersteklas coupé terechtkwam. In de verte hoorde hij de stemmen van de conducteurs.

'Goedenavond, uw kaartje alstublieft.'

Hij dook onder een bankje en maakte zich klein in de hoek. Hij zag de donkerblauwe broekspijpen met glimmende zwarte schoenen voorbij lopen. Hij durfde haast geen adem te halen. Stof kriebelde in zijn neus: ha... ha...

'Leeg,' zei de ene conducteur tegen de andere en de schuifdeuren sloten weer. Hatsjoe!

De hele treinreis bleef Aziz onder het bankje zitten.

Het was al kwart voor tien toen Aziz zijn sleutel in de voordeur stak. Wat voor smoes moest hij verzinnen? De klok stond stil, ja, dat zou hij gaan zeggen.

'Sorry mam, maar de klok stond stil bij Eddie en...'

Yasmina's gezicht stond op onweer.

'Lieg niet tegen me. Ik heb Eddies moeder net gesproken. Je bent daar nooit geweest.'

Aziz schrok. Hij had er niet op gerekend dat zijn moeder Eddie zou opbellen.

'Jij gaat nu naar je kamer en morgen krijg je een briefje mee naar school dat wij naar Marokko gaan.'

'Wàt!'

'*Saffi*, zo is het genoeg. Die brutale Hollandse manieren leer je daar wel af. Respect voor je ouders en nu naar bed.'

'Maar de auto is nog niet klaar,' zei Ismail.

'Ik ga vliegen naar Casablanca. Ik heb genoeg gespaard voor twee personen.'

Ismails mond viel open.

Aziz geloofde zijn oren niet. Hoe moest het nu met de wedstrijd? En hij had geen schaatsen, zijn geld was voor de helft op en nu ook nog naar Marokko?

Dit was teveel. Aziz huilde. Hij wist nu echt niet meer wat hij moest doen.

Boos Oog

Aziz stond met rode ogen voor de etalage van de sport-winkel. Daar lagen zijn schaatsen. Ze waren zo dichtbij geweest. Hoe kon het nu zo misgaan?

Op de ijsbaan waren ze natuurlijk allang begonnen met trainen zonder hem. Hij sjokte naar huis.

Thuisgekomen moest hij zijn moeder helpen.

'Ga maar afstoffen en goed je stofdoek buiten uit-slaan.'

Met een diepe zucht begon Aziz af te stoffen in de slaapkamer van zijn ouders. Hij keek naar de foto's toen zijn moeder nog jong en blij was. Hij had zin om alle pot-jes en flesjes van zijn moeder het raam uit te gooien. En de Marokkaanse kussens erachteraan.

Ik ga niet naar Marokko! schreeuwde Aziz stil in zijn hoofd. Zijn moeder praatte alleen nog maar Arabisch tegen hem. Hij hield zoveel mogelijk zijn mond. Vooral omdat hij niet alle woorden kende in het Arabisch en geen fouten wilde maken.

Terug op zijn kamer dacht Aziz: wat moet ik doen?

Ineens begon Gerard te praten: *Ook ik had het bijna opgegeven, maar geloof in jezelf. Er is altijd een oplossing.*

'Er is altijd een oplossing,' mompelde Aziz in zichzelf.

Het was midden in de nacht toen hij uit zijn bed sloop naar de slaapkamer van zijn ouders. Yasmina en Ismail lagen in een diepe slaap.

Aziz durfde haast geen adem te halen, zo bang was hij dat ze wakker zouden worden. Op zijn tenen liep hij naar de legkast.

Ineens liepen de koude rillingen langs zijn rug. Hij draaide zich om en keek recht in het Boze Oog dat door het hele huis blauw licht verspreidde. Hij werd bang en boos tegelijk. Voorzichtig glipte hij uit de kamer.

Ik laat me door jou niet tegenhouden, zei hij in zichzelf. Hij pakte een stoel om bij het Oog te kunnen.

Au! Het Oog gloeide, Aziz brandde zijn vingers bij het omdraaien. Toen doofde het licht en alles was weer donker.

Zacht hijgend ging Aziz terug naar de legkast. Even piepte de deur, maar zijn ouders sliepen rustig door. Hij voelde tussen de sjaals totdat hij het houten doosje vond.

Het dekseltje klemde, maar met kracht kreeg hij het open. De geldbriefjes dwarrelden op de grond. Zoveel geld had Aziz nog nooit bijeen gezien.

Hij pakte 50 euro en wilde de rest weer opbergen. Hij voelde het papier in zijn hand. Het was te gemakkelijk. Hij pakte nog eens 50 euro, nee 150 euro. Ach wat maakte het nu nog uit? Als hij toch geld 'leende', kon hij net zo goed echt dure schaatsen kopen. Hij zou later alles terugbetalen.

Hij propte zijn pyjamazakken vol met de briefjes. De rest legde hij terug in het doosje.

Ineens zat zijn vader rechtop in bed. Aziz dook naar de grond met het doosje nog in zijn hand. De kastdeur was nog half open. Zijn vader nam een slok water uit het glas naast zijn bed en draaide zich weer om.

Pfff, dat was op het nippertje, dacht Aziz. Gehaast legde hij het doosje onder de sjaals en deed de deur dicht. Hij kroop over de vloer de slaapkamer uit.

Terug in zijn eigen kamer hijgde Aziz na op zijn bed. Met wijd open ogen staarde hij naar het plafond. Slapen lukte niet meer.

Als gegoten

Aziz had geen oog meer dicht gedaan. Toch voelde hij geen moeheid. Direct na school liep hij de sportwinkel binnen. Hij legde resoluut 250 euro op de toonbank en zei: 'Ik wil de beste schaatsen.'

De winkelier keek met opgetrokken wenkbrauwen naar al die briefjes en glimlachte.

'Ik weet precies wat u nodig heeft.' Achterin de winkel haalde hij een doos.

'Dit is een uitstekende keuze.'

Aziz paste de schaatsen. Ze zaten als gegoten. Hij stond voor de spiegel.

'Alsof ze speciaal voor u gemaakt zijn,' zei de winkelier met een nog bredere glimlach. 'U krijgt er gratis schaatsbeschermers bij.'

Aziz knikte tevreden.

Even later kroop hij door zijn 'geheime deur' in het hek naar de ijsbaan. Het ijzer van de schaatsen weerkaatste in de zon en vormde een ring van licht om hem heen.

Het voelde alsof hij een ring van licht schaatste. Hij zette af en schoot vooruit. Met lange halen gleed hij over het ijs, steeds harder. De wind suisde langs zijn oren.

Aziz vloog over de ijsbaan zoals hij nog nooit had gevlogen. Daar kwam de bocht. Hij zakte diep door zijn knieën en stapte netjes over. Hij kon bijna met zijn hand de grond raken. Aziz genoot met volle teugen. De wereld is van mij, dacht hij.

Moe, maar ook heel blij kwam Aziz thuis. Nu kon hij toch nog overmorgen de wedstrijd rijden. Met deze nieuwe supersnelle schaatsen kon hij alleen maar winnen. Coach Jan zou het vast wel snappen als hij alles zou vertellen.

Hij besloot zijn schaatsen onder de trap te verstoppen. Zijn moeder mocht er nu nog niets van weten.

Als hij had gewonnen, dan zou alles goed komen, dacht Aziz. Stiekem hoopte hij dat ze dan die hele reis naar Marokko zou vergeten.

In de woonkamer lag Hicham op de bank te zappen.

Ismail droeg het schortje van Yasmina.

'Help je me met koken, Aziz?' vroeg hij.

'Waar is mama dan?' vroeg Aziz verbaasd.

Net op dat moment stommelde Yasmina de gang in. Ze droeg twee koffers.

'Deze is voor jou. Zet hem maar vast in je kamer.'

Stil nam Aziz de lege koffer aan.

Zijn vader fronste en fluisterde: 'Ik heb je T-shirt gemaakt.'

'O, eh dank u,' mompelde Aziz afwezig. Zijn adem stokte toen hij naar zijn moeder keek. Ze staarde naar het omgedraaide Boze Oog.

'Wie heeft dat nu weer gedaan?' Met een boos gebaar draaide ze het Oog goed.

'Ismail, kan ik nog voor het eten naar het reisbureau?' vroeg ze.

Ismail knikte.

Met een droge mond zag Aziz zijn moeder de slaapkamer in verdwijnen.

'Aaaaaaahiii!!!' klonk het even later.

In een oogwenk stonden Ismail en Hicham in de slaapkamer.

Aziz dook in elkaar. Hij had niet gedacht dat het uit zou komen vóór de wedstrijd.

'Bestolen, ik ben bestolen.' Yasmina stond met het halflege houten doosje in haar handen. Met samengeknepen ogen keek ze Hicham en Ismail achterdochtig aan.

'Mam, kom op, ik verdien mijn eigen geld,' zei Hicham.

'Waar betaal jij je sigaretten van, Ismail, ik weet dat je nog steeds rookt.'

'Yasmien, ik wist niet eens dat je een spaardoosje had. Hoeveel is er eigenlijk weg?'

'Meer dan 200 euro.'

'Ooooh,' zeiden de mannen zachtjes.

Aziz hoorde het allemaal gebeuren. Hij kromp nog meer in elkaar.

'Een van jullie is een dief. Ismail, ik weet dat jij niet terug wil naar Marokko, maar dat je denkt dat je me zo kunt tegenhouden? Eruit. Ik wil je niet zien totdat je het geld teruggeeft.'

'M-maar...'

'Geen gemaar, weg jullie.' En ze gooide de slaapkamerdeur dicht.

Ismail was lijkwit en ook Hicham keek erg geschrokken.

Aziz had tranen in zijn ogen, maar ze leken hem niet te verdenken.

Ismail kookte, maar was ver weg met zijn gedachten. Aziz zag dat hij suiker in plaats van zout over het eten deed. De voorraadbus couscous zette hij in de koelkast in plaats van in de kast. Aziz zei maar niets.

'Yasmien, *habibti*, het eten is klaar.'

Maar Yasmina zweeg en de deur bleef dicht. Ismail zette haar bord voor de deur neer. Zwijgend gingen de mannen aan tafel. Aziz zag dat zijn vader natte ogen had.

Het eten smaakte hem helemaal niet, en dat was niet vanwege de suiker. Zijn maag zat in elkaar gedraaid tot één dikke knoop.

'Geeft niet, Aziz, we hebben geen van allen zo'n trek,' zei Ismail.

De jongens gingen vroeg naar bed. Tot laat in de nacht hoorde Aziz de smekende stem van zijn vader: '*Hobti*, liefje, toe, je vergist je.' Aziz trok zijn kussen over zijn hoofd.

De volgende ochtend zag Aziz dat zijn vader op de bank had geslapen met zijn kleren aan. De slaapkamer van zijn ouders was nog steeds dicht. Het bord eten voor de deur was onaangeraakt. Aziz zei niks en smeerde zelf een boterham met pindakaas als ontbijt. Snel propte hij het T-shirt van Hicham in de wasmand voor hij de deur uit ging.

Na school ging Aziz naar de ijsbaan. Hij haalde zijn schaatsen tevoorschijn. Hij trok ze aan, maar hij kreeg niet meer dat magische gevoel van de dag ervoor.
　　Hij voelde zich misselijk. Het schaatsen ging niet lekker. Na minder dan een rondje trok Aziz zijn schaatsen weer uit. Voorzichtig maakte hij ze schoon met een doekje. Een traan viel op het glanzende metaal.

Met lood in zijn schoenen en met zijn schaatsen onder de arm klopte hij op de slaapkamer-deur van zijn moeder.
　　'Mam... mama, ik weet waar het geld is gebleven.' Tranen liepen over zijn gezicht.

Zuur

Met een ruk trok Yasmina de deur open. Ze zag er ver-
wilderd uit. Met een gebogen hoofd liet Aziz de schaatsen zien.

'Ik-ik heb het geld alleen maar geleend,' zei hij met
trillende lip. 'Ik betaal het terug, ik zweer het. Het was
voor de wedstrijd.'

Ismail luisterde mee. Yasmina keek van Aziz naar
Ismail.

'Ik wilde maar 50 euro pakken, maar er was zoveel dat
ik dacht, ik krijg nooit zakgeld en...'

Yasmina's gezicht werd heel donker.

'Dit is niet waar. Denk je dat ik voor mijn lol naar dit
koude kikkerland ben gekomen?' Aziz rilde bij de kilte
van haar stem.

'Ik ben hier gekomen voor jou, zodat jij naar school
kan, voor later. En wat doe jij? Mij het leven zuur maken,
nog zuurder dan het al was.'

'Het spijt me mama, het spijt me echt.'

'Je had dit nooit mogen doen,' zei Ismail. 'Die schaatsen moeten terug naar de winkel.'

'U bent niet eerlijk,' zei Aziz plotseling tegen zijn vader,
'u pakt ook geld van mama voor kamelensigaretten.'

Pets! De hand van Ismail schoot uit.

'Au!' Aziz schrok meer dan dat hij pijn voelde. 'Jullie
zijn vreselijk,' riep hij en hij rende weg.

Veel te snel was hij bij de sportwinkel. Hij draalde voor de etalage. Hij wilde niet naar binnen, maar het moest. De winkelier glimlachte toen hij Aziz herkende.

'Meneer, kan ik u helpen?'

'Ik kom ze terugbrengen,' zei Aziz maar hij liet de doos niet los.

'Maar ze zaten u als gegoten! Ik moet het u vragen: heeft u er op geschaatst?'

Aziz knikte en staarde naar de grond.

'En? Hoe was het? Reden ze niet geweldig, zijn het niet de beste schaatsen die er zijn?' riep de winkelier uit.

Aziz keek verbaasd op en knikte heftig.

'Dat wou ik even weten. En toch komt u ze terugbrengen?' De winkelier opende de doos. De schaatsen zagen er smetteloos uit.

'U bent goed voor ze geweest.'

Hij haalde het geld uit de kassa. Aziz staarde naar de grond en zuchtte. Alles was nu voor niets geweest.

Thuisgekomen legde Aziz het geld geruisloos op tafel. Hicham volgde hem met zijn ogen vanaf de bank, maar zei niets. Aziz kroop daarna direct zijn bed in.

De wedstrijd

'Aziz, opstaan!'

Aziz draaide zich om. Hij was nog steeds boos en verdrietig.

Rotouders, dacht hij. Hij ging mooi niet naar school. Sterker: hij kwam zijn bed niet meer uit. Vandaag was de wedstrijd, dus wat had het voor zin.

'Aziz, kom op. Het is al bijna acht uur. Je komt te laat.' Ismail stond in de deuropening.

'Echt niet,' riep Aziz vanonder de dekens. 'Ik ben misselijk, misselijk van jullie!' En hij gooide zijn kussen naar Ismail, die gauw de deur dichttrok.

'Ik praat niet meer met jullie, niet in het Nederlands en niet in het Arabisch!' schreeuwde Aziz tegen de dichte deur. Tranen liepen over zijn gezicht. Wat een puinhoop!

Hij staarde naar de poster van Gerard van Velde. 'Altijd vierde. Ik kan niet eens vierde worden zónder schaatsen,' mopperde Aziz.

Toen hoorde hij de stem van Gerard: *Je hebt zo hard geknokt. Je geeft nu toch niet op?*

'Wat moet ik doen? Ik kan toch niet op mijn gympen schaatsen?' dacht hij hardop.

Het antwoord hangt pal voor je neus. Je moet het alleen nog willen zien. Ook jij hebt geluk.

Aziz zat klaarwakker rechtop in bed. Hij was niet meer

misselijk en niet meer boos. Hij wist het antwoord. Gerard gaf hem een dikke knipoog en zei: *Je kan het. Je wil het. Doe het!*

Aziz sprong uit bed en schoot zijn kleren aan. Toen hij de keuken in liep, keek Ismail hem schichtig aan.

'Aziz, ik...' begon zijn vader.

'Baba, ik zat ook fout. Maar als u iets goed wil maken, brengt u me nu met het busje naar de ijsbaan,' zei Aziz ferm.

'Oké, maar...'

'Ik ga vast naar buiten,' riep Aziz. Hij holde naar het huis van Evert en bonsde op de deur.

Het duurde even voor hij opendeed.

Aziz raasde langs hem heen, naar het keukentje achterin.

'Wat is dat allemaal?'

Hij griste de Friese doorlopers van Evert van de muur en trok de oude man mee.

'Wedstrijd. Nu. Ik ga winnen,' schreeuwde Aziz in Everts oor.

'Wedstrijd rijden, ik kom.' Evert greep zijn jas en zijn muts en hobbelde achter Aziz aan.

Buiten stond Ismail met ronkende motor te wachten.

'Baba, dit is Evert. Hij is doof.'

Ismail lachte vriendelijk.

'Planken, baba, trap 'm op zijn staart. Ik moet die wedstrijd halen.' Aziz hield de schaatsen van Evert omhoog en Ismail scheurde weg.

Gelukkig was het rustig op de weg. Anders hadden ze zeker de politie achter zich aan gehad, zo hard reed Ismail.

Net op tijd arriveerden ze op de ijsbaan. Aziz holde vooruit met de schaatsen zwaaiend in de lucht.

'Aziz je bent te laat en je hebt een training gemist. Je mag niet meer meedoen,' zei coach Jan streng. De hele klas keek naar hem. Zelfs Carmelita was er, nu met haar vader.

Aziz wist wat de regels waren, maar daar was hij niet voor gekomen.

'Coach, u heeft helemaal gelijk. Maar ik moest iemand helpen en toen had ik geen schaatsen meer. Maar nu weer wel.' Hij hield Everts schaatsen omhoog.

Coach Jan keek bedenkelijk.

'Ik heb Tim al op jouw plaats ingedeeld.'

'Het was mijn schuld.' Carmelita stapte naar voren. 'En zonder Aziz kunnen we niet winnen, coach.'

Toen sprak Marlon plotseling: 'Zeg nou zelf, Tim, Aziz is beter dan jij. Waar of niet? Het gaat niet om jou, maar het team moet winnen.'

Tim keek de coach aan.

Jan knikte: 'Het zou groots van je zijn als je Aziz liet rijden.'

Zuchtend trok Tim zijn schaatsen uit.

Opgelucht haalde iedereen adem.

Toen Aziz op de bank wilde gaan zitten, riep Ismail hem terug. Hicham was gekomen en stak zijn duimen op: 'Zet 'm op, smurf.'

'Er is nog iemand die wat tegen je wil zeggen.'

Achter de rug van zijn vader dook een bedrukte Yasmina op.

'Hier, voor geluk.' Ze haalde het Boze Oog uit haar handtas en wilde het Aziz omdoen.

'Nee!' Aziz sprong een meter achteruit.

'Wat is er? Het brengt geluk en beschermt je tegen het kwaad. Ben je nu tegen alles wat Marokkaans is?' vroeg Yasmina een beetje verdrietig.

Aziz dacht na over de keren dat hij bang was geweest voor het Boze Oog. Dat was altijd als hij iets deed wat niet mocht. Was dit nu het geheim van het Boze Oog? Hij wilde zijn moeder geen verdriet doen.

'Doe maar om dan,' zei hij en hij boog zijn hoofd. Yasmina glimlachte en hing het Oog om zijn nek.

'We hopen dat je wint, *insh'Allah*,' zei ze.

Hij verstopte de hanger onder zijn trui. Niet iedereen hoefde het te zien.

Aziz kreeg een warm gevoel van binnen. Zijn vader,

moeder én zijn broer begrepen niets van zijn liefde voor het schaatsen. Toch waren ze gekomen.

Hij zag een blije Carmelita op de tribune zitten. Zij en haar vader zwaaiden naar hem.

'Willen de deelnemers zich aan de start verzamelen?' riep de omroeper.

Eddie stond klaar. Hij was als eerste, dan Aziz en Marlon was als laatste aan de beurt. Zij waren de drie besten van het team. De anderen zaten op de reservebank. De school die de meeste rondes won, had de wedstrijd gewonnen.

'Aan de start.'

Eddie had een natte bovenlip van de spanning.

'Zet 'm op,' zei Aziz.

Het startpistool klonk en de race was begonnen. Eddie had niet zulke lange benen als zijn tegenstander, maar deed enorm zijn best. Hij kon hem net bijhouden. Hij hijgde en pufte. Oei, Eddie raakte achter. Hij verloor zijn ronde.

Aziz stond al klaar. Pang! klonk het startpistool en de wereld was stil.

Aziz sprintte weg. Hij keek naar het publiek dat zich heel langzaam leek te bewegen. Hij hoorde de wind en het krassen van zijn schaatsen. Hij zag alleen maar de witte uitgestrekte ijsbaan.

Hij passeerde zijn tegenstander met lange halen. In de verte hoorde hij het gejuich van het publiek.

'Aziz, Aziz, Aziz!' Hij zag zijn moeder opstaan, haar sjaal afdoen en ermee zwaaien. Iedereen juichte uitbundig. Aziz won met meters voorsprong.

Hij was zo blij, dat hij niet wist of hij moest lachen of huilen. Carmelita was naar beneden geklommen en omhelsde hem. Coach Jan sloeg hem trots op de schouder en Tim stak zijn duim op. Het was nu 1-1. De laatste ronde was beslissend.

Een zenuwachtige Marlon stond klaar. Zijn vader was weer vreselijk aan het opscheppen tegen de mensen om hem heen.

'Mijn zoon kán alleen maar winnen, vooruit tijger, vreet ze allemaal op.'

Marlon beet op zijn lip.

Pang!

Hij schoot als een speer over het ijs, maar zijn tegenstander was net zo snel. Marlon was hem slechts een neuslengte voor. Met moeite kon hij de afstand groter maken.

Even leek het erop dat hij de zege zou binnenhalen. Toen tikte Marlon met zijn schaats tegen die van de tegenstander.

In plaats van zijn tegenstander verloor Marlon zelf zijn evenwicht. In de bocht ging hij onderuit. Hij zeilde tegen kussens van de buitenwand aan.

'Oooooooohhh!' galmde het over de ijsbaan. Het team van Aziz had verloren.

Woest klom Marlons vader naar beneden over de stoelen.

'Je speelde vals, sukkel! Hoe kon je dat nou doen!'

'Dat moest toch,' zei Marlon tot ieders verbazing.

'Je moet alleen vals spelen als je niet anders kan. Je had makkelijk kunnen winnen zonder trucjes.'

Marlon keek beschaamd naar coach Jan.

'Ik wilde het niet, coach, maar mijn vader... Winnen is zo belangrijk voor hem.'

Marlon had tranen in zijn ogen. Aziz had medelijden met hem. Wat moest je met zo'n vader?

'Een echte sportman weet verlies te incasseren. Het voelt pas goed om te winnen als je eerst verloren hebt,' zei coach Jan. 'Laat dit voor iedereen een les zijn.'

'Maar hoe kunnen we nu nog winnen? De wedstrijd is al voorbij.'

'Ik vind jullie heel goed. Ik zal jullie blijven trainen. De volgende keer houden jullie de beker in je armen.' Gejuich steeg op.

Yasmina stond langs de kant: 'Aziz!'

Hij kwam aangeschaatst, maar hij kon zijn moeder niet aankijken.

'We hebben verloren.'

'Verloren? Jíj hebt gewonnen en ik heb in jaren niet zoiets spannends meegemaakt. Ik wist niet dat schaatsen zo leuk kon zijn.' Ze omhelsde Aziz zo stevig dat hij het benauwd kreeg.

'Hoeven we nu niet meer naar Marokko?' vroeg hij.

'Nee, ezeltje, alleen met de zomervakantie. Baba heeft beloofd de auto nu écht te repareren.'

Ismail lachte verlegen en gaf zijn vrouw een zoen.

Eddie sloeg Aziz op de schouder. Aziz draaide zich om. Toen kuste Eddie zijn vuist en Aziz deed hetzelfde. De vuisten tikten tegen elkaar en daarna sloegen ze met een platte hand op hun borst.

'Wat doen jullie?' vroeg Carmelita.

'O, dat is iets tussen vrienden,' zei Aziz en Eddie glimlachte.

Aziz en Carmelita schaatsten samen een stukje op.

'Ik blijf bij mijn vader wonen, dus ga ik naar een andere school. Misschien kunnen we af en toe samen schaatsen? Mijn vader betaalt je het treingeld terug en-'

'Het is goed.' Aziz pakte haar hand.

Carmelita werd rood, maar ze liet niet los. Samen schaatsten ze verder totdat Eddie tussen hen in kwam.

'Moet je Marlon zien, voor het eerst op noren.'

Ze keken om en zagen een stuntelende Marlon.

'Lach niet,' riep Marlon, 'ik schaats jullie straks allemaal voorbij.' Maar ze lachten wel, alledrie, en Marlon tenslotte ook.